芸能の不思議な力

なかにし礼

毎日新聞出版

芸能の不思議な力　目次

第1章　わが畏敬せる美空ひばり

第2章　芸能の不思議な力

第3章　古典の斬新

第4章　異郷からの衝撃

第6章　石原裕次郎追想

ブックデザイン　鈴木成一デザイン室
カバー写真　ひばりプロダクション

芸能の不思議な力

第1章

わが畏敬せる美空ひばり

映画館めざして駆け出す毎日

私の美空ひばり体験は昭和二十四（一九四九）年九月、青森松竹座という映画館でのことだった。私は十一歳、日本に帰ってきてまだ三年しか経《た》っていなかった。

ハルビンで父を亡くした私たち家族、母と姉と私の三人が引き揚げ船で広島の大竹港に着いたのは昭和二十一年の十月の終わり。そこから父の実家である小樽へとたどり着き、ほっとしたのも束《つか》の間、特攻隊で死んだものと思っていた兄が復員し、その兄がまた破天荒で、ニシンの網を買うという大博打《ばくち》をやり、揚げ句の果てに無一文となり、私たち家族は小樽を追われて漂泊の身となった。東京に三カ月ほどいて、青森に移動した。母の弟つまり私と姉にとっての叔父は市議会議員をつとめていた。そこへ転がり込んだのである。

市議のかたわら、質屋を営んでいた叔父は一つの提案をした。質屋には質流れの品がたくさんある。それを格安で卸《おろ》すから中央市場のマーケットで売らないかと母にもちかけたのだ。母は二つ返事でその提案を受け入れ、マーケットの一角で古着屋商売を始めた。

というわけで、私たちは長島仲町の小原さんという家の二階一間を間借りして居をさだめた。私は長島小学校の三年生に編入した。

姉は標準語が話せるのを武器に市内の街頭宣伝放送会社に勤めてアナウンサーになった。姉の声が電信柱の上に取りつけられている朝顔形のスピーカーから流れてくると嬉しい気分になったものだ。

満洲帰りであり、しかも標準語しか話さなかったから私に友達はいなかった。私は学校を終えると母の店の手伝いに行くのだが、母にはうるさがられ、「映画でも観てらっしゃい」と小銭を投げてくれる。そこで私は映画館めざして駆け出すということを毎日のようにやっていた。新興劇場、青森松竹、青森東宝、歌舞伎座。ついには、劇場の窓口のお姉さんたちと仲良しになり、その日の最終回ならどの劇場でもタダで観られるようになった。

私は座席から立ち上がれなかった

最終回の映画館は面白い。映画が終わって、ぱっと明かりがつくと、最前列で観ていた私は大急ぎで、座席の椅子を次々と跳ね上げていく。すると一列に一つや二つ、客のポケットからすべり出た小銭が落ちている。それを拾う。また探す。また拾う。ところが私と同じことを掃除のおばさんがやっている。もう二人して競争だ。おばさんは掃除なんかそっちのけで小銭を拾っている。私は叱られないうちに逃げ出し、ラーメン屋に飛び込む。拾った小銭で食べるラーメンほど美味《うま》いものはなかった。私は戦争孤児ではなかったが、やってることは浮浪児たちと同じだった。

そんな私がある日、『悲しき口笛』（美空ひばり主演、家城巳代治監督、松竹、一九四九年）という映画を観たのだ。

映画の舞台は戦後の横浜で、空襲の爪痕《つめあと》も生々しく、焼け跡だらけの街で人々は貧しく生きている。主人公の田中ミツコ、通称チビ公（美空ひばり）も空襲で焼け出され、戦争に行った兄（原保美）の帰りを待ちつつ、浮浪児たちと一緒にマンホール暮らしをしている。そこには労働者たちが大勢いるのだが、彼らは昼休みにチビ公の歌を聴くことが唯一の楽しみだった。なにしろチビ公は天才的に歌が上手《うま》いのだ。歌い終われば拍手喝采で小銭が投げられる。評判が評判を呼び、チビ公はナイトクラブで歌うことになる。

それまで浮浪児の貧しい服を着ていたチビ公が突然、黒のシルクハットと燕尾《えんび》服姿になって登場するこのシーンの鮮やかさ。歌いながら様々なポーズを取るその身のこなしの艶やかさ。もう泣きたくなるほどの哀感を漂わせる。そしてステッキを小脇にかかえて『悲しき口笛』を歌うその歌の上手いこと、もう圧倒的であり完璧であった。

この歌こそがチビ公の兄の作った歌で、それを聞きつけて復員していた兄と再会することになるのだが、話はそれだけでなく、敗戦後の日本社会の貧しさ、みじめさ、暗さが非常によく描かれている。混沌《こんとん》とした暗闇に咲いたたった一つの「白いバラの花」としての「歌」、またそれを歌う少女をシルクハットと燕尾服で登場させて、戦後日本の希望の象徴にしたところにこの歌と映画の大ヒットの理由があるだろう。私は座席から立ち上がれなかった。

来る日も来る日も（なにしろタダだから）、この映画を観て感動していた。私は燕尾服姿の美空ひばりに私自身を重ねて見ていた。あれは私だった。私自身だった。戦争の悲惨さや残酷さをいかにも忘れたかのように、浮浪児でありながらその素振《そぶ》りも見せず、スポットライトに光り輝く衣裳に身をつつんで颯爽《さっそう》と生きる姿に、私は子供ながらに希望を見、美意識を見た。以来、美空ひばりは私の精神的な分身となった。

たしか昭和二十五年、美空ひばりが青森松竹の劇場にやって来た。私は姉と一緒に観にいった。川田晴久とダイナブラザーズが前座をつとめた。いや、その楽しいこと！

地球の上に朝が来る……。

まさに練達の芸であった。

そしてひばり登場。もう舞台全体が七色の光の国だった。戦前の歌も含め『悲しき口笛』『河童ブギウギ』『東京キッド』まで、一時間たっぷりと歌ってくれた。恍惚郷《こうこつきょう》だった。

私は楽屋口の長い列に交じって出待ちをした。美空ひばりはにっこり笑ってサインをしてくれた。しばらく私の寝床である押し入れ上段の天井に貼って、夜毎に眺めていたが、いつしか失くしてしまった。

「感じがいいって言ってるのよ」

それから二十四年の歳月が流れた。

美空ひばりは歌謡界ばかりか映画、舞台、芸能界の女王として君臨していた。

私はシャンソンの訳詩で食いつなぎ、なんとか大学を卒業し、石原裕次郎と出会った幸運をきっかけとして歌謡曲の作詩家、いや売れっ子作詩家となった。『恋のフーガ』（昭和四十二年、日本レコード大賞作詩賞）、『天使の誘惑』（昭和四十三年、日本レコード大賞）、『今日でお別れ』（昭和四十五年、日本レコード大賞）と、そこまでは飛ぶ鳥を落とす勢いであったが、昭和四十六年になると、兄の作り出す膨大な借金の処理に追われ、詩を書くどころではなくなる。結婚もし、長男も生まれていた。中野に建てた家も人手に渡り、青山の一軒家を借りて生活していた。

昭和四十九年の春、電話が鳴った。ひばりの母、喜美枝ママからだった。歌を書いてほしいという。

なに？　歌を書け⁉　子供の頃、あんなにも憧れ、自分の分身とまで思うほどに愛した歌手に歌を書くなんてことができるのだろうか。私はうろたえたが、喜美枝ママは一方的に日時と場所を告げて電話を切った。

初対面は当時有名な京料理店、四ツ谷の「蔦の家」だった。私は気後れしていて、ただ硬くなったまま席に着いた。ひばり親子はともに和装である。こんな場面が人生に到来するなんて誰が想像できたろう。私は軽い眩暈《めまい》を覚えながら、ネクタイをしめた新入社員のようにしゃちこばっていた。

するとひばりはにこっと微笑《ほほえ》み、

「ねえ、ママ、いい景色ねぇ！」

「はあ？」

「お嬢はね、あなたのこと感じがいいって言ってるのよ」とママが通訳する。

俺は庭景色か？　ちょっとむっとする。

「実はね、ＬＰ一枚十二曲すべてを書いていただきたいのよ」とママ。

「いきなりですか？」

ひばりは、そう、とうなずき、

「あなたはポップス系の作詩家先生ですから、私には書きにくいでしょうけど、好きなように書いてくださってていいのよ。詩には絶対文句をつけません。作曲家も好きな人を好きなだけ選んでくださって結構です」

「でも、今のぼくは絶好調じゃありませんよ。それでもいいんですか」

「真っ盛りに頼んだって面白くないじゃない。一段落ついた今だからこそお願いするのだわ」

とママが言うが、やはり精神的に落ち込んでいない時に依頼されたかったと思わずにはいられなかった。

私はこの仕事を引き受けはしたが、決して喜んでそうしたわけではない。まったく自信はなかった。しかしこの機会を逃したら、永遠に美空ひばりとの縁が切れてしまうのではないかと恐れ、決断したのだった。

美空ひばりの偉大さというものは、歌謡界にいるものにとっては強烈なものなのだ。ひばりが歌謡界の至宝であることは厳然たる事実であり、異を唱える者は一人としていない。その証拠をあげるなら、デビュー曲の『悲しき口笛』（藤浦洸作詩、万城目正作曲）以来、ひばりの歌はその時々の第一線で活躍する作詩家作曲家たちが腕によりをかけて生み出した名曲ぞろいだ。『東京キッド』（藤浦洸作詩、万城目正作曲）、『あの丘越えて』（菊田一夫作詩、万城目正作曲）、『私は街の子』（藤浦洸作詩、上原げんと作曲）、『越後獅子の唄』（西条八十作詩、万城目正作曲）、『車屋さん』（米山正夫作詩作曲）、『お祭りマンボ』（原六朗作詩作曲）、『リンゴ追分』（小沢不二夫作詩、米山正夫作曲）、『波止場だよお父つぁん』（西沢爽作詩、船村徹作曲）、『港町十三番地』（石本美由起作詩、上原げんと作曲）、『花笠道中』（米山正夫作詩作曲）、『哀愁波止場』（石本美由起作詩、船村徹作曲、日本レコード大賞歌唱賞）、『ひばりの佐渡情話』（西沢爽作詩、船村徹作曲）、『柔』（関沢新一作詩、古賀政男作曲、日本レコード大賞）、『悲しい酒』（石本美由起作詩、古賀政男作曲）……これほどのスーパーヒット曲を歌いつづけ、ＮＨＫ紅白歌合戦で十三回もトリをとった歌手がほかにいるだろうか。私はそのほとんどを空で歌える。つまり、美空ひばりは私の血となり肉となってしまっているのだ。そんな歌手にたいして自分の言葉が果たして生まれてくるものだろうか。その言葉はすでにして美空ひばりの色合いを帯びてしまっているのではなかろうか。私は悩みに悩んだ。

ひばりから贈られたシャネルの化粧セット

そんなある日、わが家にひばりからの大きな箱が届いた。開けてみると、シャネルの男性用オーデコロン、ボディーローション、シャンプーやらスプレーやらがどっさりと入っていた。手紙が添えてある。

「これからは、私の前に現れる時は必ず、シャネルの香りで……」

なんだこれは！　ラブレターか。それとも奴隷になれということか。いや違う。これはたぶん、ひばり特有の征服欲だと私は悟った。

美空ひばりは征服欲にみなぎった人なのだ。征服欲、そこに美空ひばりのすべてがあるのではないか。征服欲などというとものものしいが、それは芸術家のきわめて本来的な欲望なのである。まず目の前の作品を完璧に征服する。そのための猛鍛錬をいとわない。スタジオを完全に支配する。そして芸で世の中に君臨する。自らの芸の力で時間をも統御してみせる。そんな意欲をむき出しにしてなおそれを実現してみせる気迫と緊張感。そんな張り詰めた世界を美空ひばりは生きてきたし、今なお生きているのに違いないとすれば、このプレゼントは？　たぶん、あなたも私を恐れず、作品で私を征服してみせなさいというメッセージであり勇気づけであろう。私の胸は感謝の思いでいっぱいになった。

とはいえ、閃《ひらめ》きがいったん離れてしまうと、自力ではどうにもならないものなのだ。私の脳髄はまるで錆《さ》びついた歯車のような音を立て、月並みな言葉しか紡ぎ出さなかった。それでもなんとか、十二曲書き上げ、十一人の作曲家に依頼して曲もついた。

さて、美空ひばりのレコーディングとはどんなものなのか。

聖なる儀式のようなレコーディング

ひばりの声入れは朝十時からとのことで、十分前にコロムビアレコードの前で車を降りると、なんと社長が数人の社員ともども路上に居並んでいる。私を見て、

「あっ、先生！……」

とは言うものの、そわそわと落ち着きがない。

「お嬢のお出迎えですか？」

と訊くと、

「そうです」

と空《うつ》ろな返事をしつつ遠くに目をやって、今か今かと足踏みをしている。

見れば、道の端から社屋の入り口まで、そして入り口からエレベーターまで、なんとレッドカーペットが敷かれているではないか。ひぇーすげぇな！　と思いつつ、靴跡を残さないようカーペットの外側を歩いて、私は三階の第一スタジオに向かった。

「レッドカーペットに社長の出迎え付きとは驚いたなあ」

と担当の森ディレクターに声をかけると、

「そうです。お嬢だけの特別待遇です」

こうなると、レコーディングというより聖なる儀式か祭典のような雰囲気であった。

と、そこに社長の先導のもと和服姿の美空ひばりと喜美枝ママが登場する。

「おはようございます」

全員が立ち上がって挨拶する。

「おはようございます」

ひばり親子もにっこりと応えて、最前列のソファに座る。目の前には多種多様な音響機械があり、それに向かって仕事に余念のなかったミキサーも立ち上がって最敬礼だ。大きな窓ガラスの向こうがスタジオである。今しもリハーサルを終えたばかりのオーケストラの面々がチューニングをしている。指揮者は玉の汗をハンカチで拭いている。

私はごく自然に美空ひばりの隣に座った。三人がけソファの一番手前である。奥に座っている喜美枝ママが煙草《たばこ》に火をつける。ただそれだけのことなのに、あたりに緊張感が張りつめる。どうやら私が座っていることが異常事態らしい。振り向いてみると、全員が、社長もだ、壁を背にずらーっと直立不動である。なんという光景だ。

「礼さん先生は座ってらしていいのよ」

ひばりはさりげなく私に耳打ちした。

私のコロンを確かめたのかもしれない。むろん私はシャネルの香りを漂わせていた。

「では、お嬢、お願いします」

森ディレクターの声でひばりはゆったりと立ち上がり、スタジオに入っていく。

こんな歌手がこの世に存在するとは

「皆様、よろしくお願いいたします」

ひばりは鷹揚《おうよう》に挨拶し、オーケストラの面々は拍手で迎える。ひばりのレコーディングとなると、レコード会社は有名オーケストラのトッププレイヤーを集めているのだが、オーケストラ連中の態度といったら尊大この上なしだ。彼らはいかにもアルバイトで来ているのだと言わんばかりに、椅子の背にもたれてニタニタ笑っている。腹の底では歌謡曲なんぞと蔑視していることが顔にありありだ。ひばりはそんなことに構わず、指揮者に軽く挨拶し、ほんの少し言葉を交わしたのち衝立《ついたて》で仕切られた自分のブースに入る。その頃すでに当たり前になっていたカラオケでのレコーディングをひばりはやらない。レコーディングは絶対にオーケストラとの同時録音だ。自分の歌でオーケストラを自在に導き操ってみせるのが歌手の本領であると、ひばりはかたくなに信奉している。

指揮者が棒を振り下ろす。曲目は『むらさきの涙』（井上かつお作曲）。前奏が鳴る。

ひばりが歌う。それまでアーともウーとも咳《せき》払い一つしていなかったひばりの声は完全にできあがっていた。私は心底驚いた。この声量、音程とリズムの正確さ、ニュアンスの多様さ、詩を理解する並外れた力、濃《こま》やかな心理描写、こんな歌手がこの世に存在することの不思議に心打たれていた。

歌はすでにして完璧である。ここで私は奇妙な光景を見ることになる。それは、最初のうちは椅子の背にもたれて演奏していたプレイヤーたちの目の色が変わりはじめ、それが次第に尊敬のまなざしになり、ひばりの緊張感と霊感と完成度に追いつこうとしてあわてふためき、ついには前のめりになって懸命に演奏する様である。ということで、一回目はOKにならない。そのことを私が森に告げ、森が指揮者に告げ、それを指揮者がプレイヤーに告げる。全員納得の表情で首肯《しゅこう》する。

テイク2（二回目）。ひばりの歌を目の前で聴いてその凄さに圧倒されたオーケストラはまるで雷に打たれたかのように、素晴らしい響きを奏ではじめる。オーケストラがやっとひばりの歌の完成度に到達する。まあ、到達するところが一流プレイヤーのゆえんなのだが。これで完了だ。

このテイク2でOK！　というレコーディングの流れは一度として例外がなかった。これは驚くべきことだった。いつもならレコーディングに際しては口うるさく演出をつけていた私だが、どの一点として非の打ち所がない。ひばりの威光にのまれたのではない。文句のつけようがないのだ。

一日二曲計六日間で『涙』というアルバムは仕上がった。

それからというものは、私は毎晩のように、ひばり御殿に呼ばれた。麻雀《マージャン》にかんして私は右回りか左回りかも判然としない初心者であったが、二階の麻雀ルームでひばり親子と和気藹々《あいあい》おしゃべりをして過ごす一時は極上の幸せであった。

私がイーピンを捨てるとひばりが、

「あら、わが家の家紋を捨てるのね？」

「ええっ」

「そう、イーピンよくご覧なさい。下がり藤《ふじ》の柄《がら》でしょう？」

「ああ、確かに」

「下がり藤は加藤家の家紋なの。だからイーピンは原則ドラなのよ」

「いやあ、それは失礼いたしました」

よく見れば、イーピンどころかピンズはみんな下がり藤の柄だった。

麻雀が終わると、一階の座敷に席を移して酒となる。彼女主演の昔の映画を観る。『あの丘越えて』『鞍馬天狗・角兵衛獅子』『伊豆の踊子』などなど。私はそのほとんどを観ているから話は自然と盛り上がり、お互いの過ぎ来し方について語り合った。家族がからんだ問題で世間から指弾を受け、NHKにまで冷たくされ、つらい毎日を過ごしていた時期でもあったからであろうか、ひばりは最後には必ずぼろぼろと涙を流して泣き、そして泣き崩れるのだった。

閉店直後の「ラテンクォーター」で歌った『悲しい酒』

そんな夜が幾度もあった。

かと思うとすこぶるつきの上機嫌で、

「今夜はにぎやかに飲みましょうよ。ねえ、ピョンコ呼んで！」

とお手伝いのノリちゃんに言いつける。

ほどなく、当時有名だった新宿のゲイバー「むらさき」の面々を引き連れて、ママのピョンコが現れ、「お嬢！」と一声叫ぶと、ひばり御殿は突如としてゲイバーの異空間に早変わりする。にぎやかなことと言ったらない。猛然としゃべりつづける十人ほどのゲイボーイたちのその話の面白いこと。そのセンスの良さ、ユーモアと皮肉の切れ味の鋭さに私が唖然としていると、掘り炬燵《ごたつ》式の大きな座卓の下で私の腿《もも》を撫《な》でさすっている男の手を感じて飛び上がったり。私も初心《うぶ》だった。

この「むらさき」の面々と「ラテンクォーター」に行ったことがある。着いた時は閉店直後の深夜二時半だ。帰る客やホステスたちと入れ替わるようにして店内に入る。店内は営業中の雰囲気ではあるが、十人ほどのホステスのほかに客はほとんどいない。しかしステージ上にはバンドがきちんと居残っている。

店側は当たり前のような顔をしてひばり一行に応対する。店の奥の我々の席だけが明るくて、盛り上がっていて、我々の声が店内にわんわんと反響するのが異様な感じだった。

「ねえ、誰か歌いなさいよ」

とママが言う。

「お嬢の前で歌えるわけないでっしょ!」

「なら、私が歌うわ」

とひばりが言う。

まだ来て間もないというのに、ひばりは立ち上がり、ステージに上がっていき、小さな声でバンドに曲名を言う。

バンドは当たり前のように『悲しい酒』のイントロを奏でる。黒い服を着たひばりにピンスポットが当たる。客のほとんどいない空間に向かってひばりが歌う。

ひとり酒場で　飲む酒は
別れ涙の　味がする……

いつもより少しテンポを落として、ゆったりと、情緒纏綿《てんめん》として歌う。

二番を過ぎ、三番になると、私たち聴いているものはみなにかとてつもない悲しみの淵《ふち》に立たされる。目の前は涙の海だ。ゲイボーイたちの中には声をあげて泣き出すものもいる。ひばりも涙をほろほろと流している。しかし歌には少しの乱れもなく、この時この場を完璧な世界にしてみせるという芸の魂そのものとなって歌っているのがひしひしと伝わってくる。ひばりは自分の魂に向かって歌っていたのだ。

あとはもうしんみりとなってしまって、帰りましょうか、となるのだ。

泣くことで自分の宿命に耐えていたひばり

ひばりに来てくれと言われても都合の悪い日もある。今日は行けないと言うと、そう、分かったわ。それで終わるのかと思ったら、私の家の前まで迎えの車を寄越《よこ》し、寝静まった住宅地でキャデラックのバカでかいホーンを鳴らしつづける。

私は眠い目をこすりながら、その車に乗る。

行けば、ひばりはもう酔っている。

ひばりはブランデーを、たまに水割りの時もあるが、たいていはストレートで飲み、夜《よ》毎《ごと》に酔いつぶれ、自分の孤独と運命の過酷さを嘆き、底しれぬ悲しみに打ちひしがれて泣く。泣くことによってかろうじて自分の宿命に耐えていた。

夜も白々と明けてきた頃、私は言った。

「あなたは天から歌という類いまれな才能を与えられている。そこにあなたの栄光も名誉も幸福さえもがあるのだ。あなたは絶壁の突端に立って歌っている。人々はあなたを見上げて共感し喝采を送る。しかしそれ以上のものを求めるのは贅沢《ぜいたく》であり傲慢なことです。絶壁の突端であなたは歌いつづけなければならない。そこは寒い風が吹き、嵐ともなれば死の淵に立たされる。太陽がじかに当たって身を焦がす時もあるであろう。が、それがあなたの宿命なのです。その宿命を生きることがあなたの務めなのではないか。マリア・カラスだってエディット・ピアフだってあなたと同じように過酷な運命を強いられていた。しかし最後まで歌いつづけた。あなたも歌いつづけること、それ以外を望んではいけない」

「そうね。歌うしかないわね」

ひばりは悄然《しょうぜん》として立ち上がる。ひばりを寝室まで送り、私は帰る。

アルバム『涙』の評判はまあまあだったが、肝心のシングルがヒットしなかった。十二曲も書いておきながら、ヒット曲の一つも生めなかった私は敗北感にさいなまれた。それだけが理由ではなかったが、ひばり御殿から足が遠のいた。

のちに書いた小説『長崎ぶらぶら節』の中で古賀十二郎が愛八に向かって言う台詞《せりふ》はこの時の心境が反映されている。

「愛八、おいはどうしょうもない馬鹿たい。……おいだって木石《ぼくせき》でなか。またおうちの気持が分からんほどの間抜けでもなか。ばってん、体ば合わせたら、おいたちの心がすたるたい。そいぐらいのこつがどげんして分からんね。……おいとおうちのめぐり逢いは恋というにはあまりに真面目くさくて色気のなかもんじゃばってんか、一種の運命の出会いには違いなかたいね」

運命の出会いならまた会うことがあるだろう。私はそう思っていた。

ト音記号のブローチ

その少し前、喜美枝ママをまじえて三人で酒を飲みつつおしゃべりをしていた時、ひばりが私の目を見てしみじみと言ったことがある。

「こうして話をしていると、礼さんとは昨日今日会ったような気がしないの。なんだか運命の出会いのような、邂逅《かいこう》といってもいいような、そんな感じがしてならないの。だからこれを受け取ってほしいの」

ひばりは私になにか光るものを手渡した。

見ると、ト音記号の形にデザインされたプラチナのブローチである。サイズは上下左右三センチくらいか。下のくるりと丸くなったところはダイヤモンドで飾られている。

「こんな高価なもの頂けません」

「いいのよ。ト音記号はね、私が結婚した相手、音楽のシンボルなの。だから、わが家の門扉《もんぴ》にも同じものをデザインして飾り付けてあるわ。ご覧になったでしょう?」

「ええ……」

この家を初めて訪れた時、門扉の中央に付けているト音記号を見て、美空ひばりという人はよっぽど音楽が好きなんだろうなと感じ入ったものだった。以来、何度も見ている。でも邂逅とはちょっと言い過ぎではないかと思っていると、

「シャネルの香水はね、まわりの男の人たちみんなに差し上げてるの。あたしの好きな香りだから。ただそれだけ。あまり深い意味はないのよ。でも、このブローチは特別な人にしかあげてないのよ」

ひばりは口の端に笑みを浮かべて言った。

ほかにどんな人がいるのかは知らないが、特別な人という言葉には心を動かされた。

「礼先生には受け取っていただきたいわ」

と、ママまでが笑顔で勧める。

「では、遠慮なく頂きます」

私はブローチを押し頂いた。

「一生手放しちゃ、ダメよ」

ちょっと上目づかいで微笑む。

地獄を見た者にしか歌えない歌

こんなことがあったのに、だ。私はひばり家に足が向かなくなった。ヒット作の書けなかった後ろめたさもあるが、身辺があまりにざわついていて、とてもひばり家で夜更かし

をしているような余裕がなかったせいもある。

兄の作った借金には高い利息が付いているから、返しても返しても減らなかった。いや、兄は浪費三昧《ざんまい》をやめようとせず、むしろ借金は増えていた。高額所得者と言われながら、私の生活ははなはだ貧乏であった。

私が兄の借金六千万円を肩代わりし、中野に建てたばかりの家を売り、借家暮らしに転落したのは昭和四十五（一九七〇）年だった。借金地獄に墜ちたのだ。金貸しの督促電話に怯《おび》え、マスコミには嘲笑《ちょうしょう》され、私は「死にたい」という思いに一日に何度も襲われた。どうもがいても、今ある現実はまぎれもない私の現実である。逃げようはない。逃げようはないだろうけど、逃げたふりだけでもできないものだろうか。そんな煩悶《はんもん》の中で私は、私の身代わりとしてもう一人の私をあの世に送り出した。遺言歌を書くことによって。それが『さくらの唄』である。

家に遊びにきていた作曲家の三木たかしが、

「これいいですね」

と言った。

「そんな暗い歌がヒットするわけないよ」

「ヒットしなくても名曲にはなるでしょう」

彼は原稿を持って帰った。

三木たかしはいつの間にか自分で歌ってレコーディングし、シングルレコードとして発売した（一九七〇年）。が、評判になることもなく、私はすっかり忘れていた。

ところが、私の全然あずかり知らぬところで事は進行していたのである。久世光彦《てるひこ》氏（一九三五―二〇〇六、TBSの敏腕プロデューサー、のちに作家）の珠玉のエッセイ『マイ・ラスト・ソング』（文藝春秋）から引用させていただく。

『さくらの唄』は何度聴いても泣けてしまうのである。このまま放っておくのが何とも気持ち悪くて、こんないい歌が、誰にも知られないで眠っている――それは、とても情けなく、悲しいことのように思えた。どうにかして蘇らせることができないものだろうか。どう考えても、この歌を歌えるのは美空ひばりしかいないと私は思い込んでしまった。この歌だけは泥水を飲んだことのない人には歌えないし、歌って欲しくないと思ったのである。――ちょっと大袈裟に言えば、この歌は地獄を覗いて、そこから命からがら、這うように逃げかえった卑怯未練の歌なのである」

久世はコロムビアレコードに掛け合ったが、「一度ほかの歌手が歌った曲は、美空ひばりはシングルカットしない」とけんもほろろに断られた。それでも久世は粘った。

「それほどまでに言うのなら、自分で行って頼んでごらんなさい」

そこで久世は三木たかしの歌の入ったテープとデンスケ（携帯用録音再生機）をかかえて新幹線に乗り、名古屋の御園座《みそのざ》へ向かった。

「何日通ってでも歌って貰《もら》おうと私は思った」

そんな久世の思いを受け止めたのだろうか。

終演後、楽屋でひばりに一度聴いてもらうことができた。

「もう一度聴かせてください、と言うひばりの声はすっかりつぶれていた。老婆のようにかすれた声だった。私はテープを頭に戻しボタンを押した。

何もかも僕は
なくしたの
生きてることが
つらくてならぬ……

三木たかしの歌につづいて、何処からか声が聞こえてくるではないか。美空ひばりが目をつむって歌っていた。だるそうに楽屋の柱に寄りかかり、疲れた横顔に、疲れた笑いを浮かべて、歌っていた。

これでみんないいんだ
悲しみも
君と見た夢も
終わったことさ

安っぽい人情噺と言われてもいい。私はこの夜のことを一生忘れないだろう。ひばりは涙をぽろぽろこぼして歌っていたのである。そしてテープが終わると、私に向かって坐り直し、歌わせていただきますと嗄《しゃが》れた声で言って、それから天女のように微笑った」

(『マイ・ラスト・ソング』から)

私はこのシーンを読みながら勝手に思う。ひばりは、目の前でテープレコーダーをいじっている久世光彦の姿の上にたぶん私の影を見ていたに違いない。そうでない訳がない。

こうして美空ひばり『さくらの唄』のレコーディングは実現した。久世は私にそれらしいことは一言も言わなかった。その間なんどもお茶など一緒に飲んでいたのにである。スタジオで初めて事の真相を知らされ、私は驚き、感動した。久世光彦という稀有《けう》なる詩人の歌への愛と私への友情に頭が下がった。

なんという優しさ、温かさ、深さ

私はひばりと再会した。

「こんないい歌、どこに隠していたの?」

これがひばりの挨拶だった。華やかな含み笑いとともにこう言われた時、私は恥じ入る思いで身を小さくした。「どうして最初から、こういう歌を書いてくれなかったの」と咎《とが》められたも同然だったからである。私は「ごめんなさい」とだけ言った。

ひばりは歌った。

おやすみを言わず
ねむろうか
やさしく匂う
さくらの下で

久世が言う「微笑《わら》いながら人に話しかけるように」。まさにその通りに歌った。なんという優しさ、温かさ、奥行きの深さであろう。

聴きながら、私も久世も三木たかしも、肩をふるわせて泣いた。

ひばりの『さくらの唄』（一九七六年七月発売）は、久世の制作した同名のテレビドラマの主題歌として毎週流れたが、ほとんど売れなかった。それでも久世は言う。

「あれこそは美空ひばりの絶唱だった。どう聴いても文句のつけようのない、文字通りの絶唱だった。言い訳めくが、あまり良過ぎても、レコードというものは売れないものである。けれど、いつ、どんなときに聴いても泣いてしまうという歌は、そうあるものではない。いまからでも遅くない。聴いてみて欲しい。あの美空ひばりのラスト・ソングを」（同）

私とひばりは久世光彦の思いもかけぬ仲介によって再会した。私たちのはかなげな運命の出会いは、『さくらの唄』によってかろうじて中身を与えられた。が、だからといって何かが始まったわけではない。

昭和五十六（一九八一）年、喜美枝ママが亡くなり、そして五年後あたりからひばり自身にも病魔がじわじわと忍び寄っていた。それがただならぬものとなり、昭和六十二（一九八七）年四月二十二日、福岡の病院に緊急入院した時にはかなり重度の肝硬変（肝臓がん）であることが分かった。

三カ月半経《た》って、ひばりは退院した。そして十月、『みだれ髪』をレコーディングして芸能活動を復活させた。

その年の秋、私は美空ひばりに呼ばれた。会うなり、「お酒はやめました。だけど、これだけはやめられないの」とコーラの入ったコップを指差し、悪戯《いたずら》っ子のように肩をすぼめてみせた。

その日のひばりは、なんというのか、むこうが透き通って見えるような透明感につつまれていた。笑顔も優しい。すべてを受け入れた時、人間はこんなにも美しくなれるものなのかと私は感動していた。

はるかな世界へと飛翔していった

ひばりは翌年（一九八八）の四月に東京ドームでのコンサートを企画していた。その「不死鳥コンサート」の開幕第一曲目の歌を書いてほしいと言った。

「分かりました」と私は言ったが、目の前のひばりには、果たしてそれが可能なのかと思わせるほど、世俗的なエネルギーが希薄だった。

「もう、一曲、私の、今ある私の心境を書いてくださったら嬉《うれ》しいわ」

「どんな心境かな……」

「うふふ……礼さんならお分かりになるでしょう」

私は涙をこらえた。今こそ、私たちの運命の出会いは確かなものになったと、私は涙を飲み込みつつ納得した。私は勝手にひばりを自分の分身と見なしていたが、今や私とひばりは現実として分身同士なのだと、これもまたはっきりと感じたのだった。

目覚めたら私は
横になっていた
歩き疲れて
傷ついたらしい……
今また新しく
私は旅立つ
疼く傷を抱いて
私はまた歌う
顔に笑みをうかべて
苦しくとも　悲しくとも

終わりなき　この旅を
歌でつらぬかん
神様が私の　夢に現れて
苛めぬくのも
愛ゆえと言った
つらい試練は
打ち勝つためにある
勇気がふたたび
満ち満ちてきた
私はまた歌う
たとえ声が涸《か》れても

眠れ　眠れ　わが魂よ
雨の　匂いに
むせながら
みんな　最後は
一人ぼち

――『終わりなき旅』

てんてん　手毬の
手がそれて
別れて　きました
あの人と

——『われとわが身を眠らす子守唄』

これら二つの歌のレコーディングが終わった時、何を思ったかひばりが突然言った。

「ねぇ、写真を撮りましょうよ」

そういえば、ひばりとの写真は一枚も持っていない。驚きとともにカメラに納まったが、今思えば、誠に貴重な一枚である。私も三木たかしも凡俗な顔つきをしているが、美空ひばりのなんという美しさであろう。

この、まさに天女のような微笑みを浮かべ、遠くを見つめ、ひばりはあの「不死鳥コンサート」の奇跡の百メートルと言われる花道を歩ききり、はるかな世界へ飛翔《ひしょう》していったのである。

第2章

芸能の不思議な力

聖なる怪物・美輪明宏

二〇一七年九月八日『美輪明宏の世界—シャンソンとおしゃべり』（東京芸術劇場プレイハウス）の初日を観てきた。

開幕して登場するなり、体調が芳しくないことが見てとれた。舞台中央には椅子が置かれてあり、おしゃべりの時はそれに座った。しかし『メケ・メケ』『ラ・ボエーム』『人生の大根役者』など、歌いだせばその声は朗々と響きわたり、細かいニュアンスの表現も完璧であり、仕草やアクションはやはり劇場の隅々までを圧倒した。

ホリゾントにはエッフェル塔、赤い風車、モンマルトルの坂道とお馴染《なじ》みのパリ風物が描かれている。今時、シャンソン全盛期のフランスとパリの雰囲気で舞台を飾り、そこに立って歌う資格と力のあるものは美輪しかいなかろうと私は一人納得していた。それほどまでに美輪明宏はシャンソンを愛してきたしシャンソンに愛されてもきた。またシャンソンの奥深さと化け物性を美輪ほどに知り尽くしたものもいないだろう。

満場総立ちのフィナーレのあと、楽屋を訪ねた。美輪はがっくりとソファに腰を下ろしていた。美輪は自分から話し始める。

「二、三週間前から体調を崩し、それが全快しないうちに初日が来ちゃったのよ」

「そんな時に、ぼくの番組にゲスト出演してくださってありがとうございました」

「あなたのこともっと褒《ほ》めたかったわ。なにか褒めたりなかったようで気がとがめるわ」

「十分に褒めていただきましたよ。それより、お体を大切にしてください。この先、全国を回るんでしょうから」

「そうなのよ。切符は全部売れてしまっているし、やめるわけにもいかないから」

美輪は座ったまま手を振った。

美輪の『紫の履歴書』（一九六八年）の中にシャンソンについての感動的な一文がある。

「一曲の中には、一人の人間の長い人生が缶詰のように圧縮されているものだから、慣れないうちは、一曲終わっただけで、六十年の人生を一時に感じさせるほど、くたびれ果ててしまう。（中略）一生涯に一度でも完全な歌を歌うことは出来ないだろう。（中略）私は、落胆したり、勇気を奮いおこしたりしながら、歌の精に挑戦する」

十七歳から歌いはじめて今日まで、美輪明宏が合体したいと願いつづけていたものは歌の精という精霊であった。いや、とっくの昔に美輪はその精霊と合体を果たしていたかもしれない。そうでなければ、あの体調で今日のステージをつとめられるわけがない。

私が初めて「銀巴里」で丸山明宏（のちに美輪と改名）の歌を聞き、その姿を見たのはシャンソンの訳詩を始めた二十歳の頃で、時代で言えば昭和三十三（一九五八）年、メケ・メケブームが沈静化し、同性愛者であることを公表したことによって、丸山明宏は世間の逆風にさらされていた。しかしそんな時期だからこそなのか、丸山は一段と瞳に闘志をたぎらせ、世の中と対峙していた。人間心理をえぐりだすような大胆な訳詩でシャンソンの奥深さを人に知らしめ、同時に『ふるさとの空の下に』『金色の星』『うす紫』などのオリジナル作品を歌っていた。

僕は悲しみ嘆いたりはしない
明るい明日が
大きな夢が待っている
この手でしっかりと摑むのだ

——『僕は負けない』

随分直截《ちょくせつ》的な詩だと人は思うかもしれないが、その不遇な頃、丸山明宏は原爆症に見舞われ、吐血などの症状を発していたという。婉曲《えんきょく》な言い回しや芸術的表現では支えきれない苦悩というものがあることを私は知らされ、丸山明宏への傾倒を深めていった。

世間では私のことを
再起不能と嘲笑っていた……
私は恥を忍んで

カムバックを目指して……

――『老女優は去りゆく』

一九六六年、丸山明宏は『ヨイトマケの唄』をひっさげて颯爽《さっそう》とカムバックを果たした。いつしか美輪明宏と戸川昌子と私の三人は、シャンソン共和国市民という暗黙の意識のもとに意気投合する仲となっていた。一九七七年、四十六歳の戸川昌子が高齢出産した時、「心細いからそばにいておくれ」と言われ、その記者会見の席で左右に付き添ったのは私と美輪である。奇妙な図であったろう。

その後、美輪は『毛皮のマリー』（寺山修司作・演出、劇団天井桟敷第三回公演）の大成功に加えて『黒蜥蜴』（江戸川乱歩原作、三島由紀夫脚色・松浦竹夫演出）で大々成功をし、歌舞伎座でアンコール公演までする。

その後も美輪は歌に演劇に快進撃をつづけ、やがて、作、演出、主演のみならず、衣裳、美術、照明、音楽、振付等のすべてにわたって担当するようになる。つまり美輪明宏は少年の頃、芝居小屋に入り浸って夢見ていたものを百花繚乱《ひゃっかりょうらん》と花咲かせはじめたのだ。最近観たものの中では『葵上《あおいのうえ》・卒塔婆小町《そとばこまち》』（三島由紀夫『近代能楽集』より、二〇一七年三月、新国立中劇場）が最高傑作だろう。その演出は日本西洋を問わず、あらゆる美意識を駆使して劇場を狂乱の渦に巻き込むものであった。しかしそれがいかに絢爛《けんらん》たる絵巻物であったとしても、美輪明宏が少年の日、ピカッと光ったあとに見た、あの原爆が繰り広げてみせた阿鼻叫喚の地獄図に比べたらまだまだ生易しいものだろう。フィナーレに鳴り響くハチャトゥリアン『仮面舞踏会』のワルツには胸が張り裂けそうになる。

美輪明宏の芸はたった一人で築きあげたたった一人のジャンルである。ではあるけれど、もう一歩踏み込んで鑑賞してみるならば、

「いにしえからの数々の女方達の幻を一足、一足歩み進むごとに私の全身が感じとり、戦《せん》慄《りつ》を覚えます」（『紫の履歴書』）

と本人が言うように、日本古来の芸道のその本筋を貫き通したものであることに深々と納得するに至るであろう。

黒柳徹子『想い出のカルテット』と芸能の神髄

黒柳徹子主演の『想い出のカルテット』（ロナルド・ハーウッド作、高橋昌也演出、ＥＸシアター六本木、二〇一七年十月十五日、千秋楽）を観てきた。なぜかこの芝居の二〇一一年の初演は見逃していた。今回は「楽しんでいただけると思うわよ」とご本人からメールをいただいたと思ったら、本番直前に足を骨折し、車椅子で出演するというではないか。ちょっと心配の気持ちもあったのだが……。

近年のイギリスでの話。大作曲家ヴェルディが晩年になってミラノに建てた「音楽家のための憩《いこ》いの家」をモデルとして、サー・トーマス・ビーチャムというイギリスの高名な指揮者の名前を冠した「ビーチャムハウス」（実際にはない）という引退した音楽家たちのための老人ホームが舞台である。老人ホームの話だもの、車椅子の人がいたってなんの不思議もない。当然といえば当然のように堂々と、往年のプリマドンナ、ジーン・ホートン役を演ずる黒柳徹子は新入居者として車椅子で登場する。それだけで満場は拍手の嵐である。私の心配は一瞬で吹き飛んでしまった。

で、芝居はというと、これがすこぶるつきで面白かった。なにが面白いか。黒柳のほかにレジー役（団時朗・バリトン）、シシー役（茅島成美・アルト）、ウィルフ役（鶴田忍・テノール）と登場人物は四人なのだが、この四人がベテランの味を見せながら丁々発止とやりあう会話のテンポの良さがまずある。つまり会話それ自体に音階があり和声がありアンサンブルがある。それが心地よいカルテット（四重唱）になっている。そういう極めて音楽的な雰囲気の中で、過去の栄光が語られ、現在ある自分たちの老いの姿を直視しなければならない現実がある。

しかし彼らにとっての誇りは、かつてこの四人そろってヴェルディの『リゴレット』で共演したことがあるということだ。リゴレットはウィルフ、その娘ジルダはジーン、マントヴァ公爵はレジー、マッダレーナがシシーである。その時レジーが歌った『女心の歌』を聴いてジーンは恋に落ち、二人はまるで過ちのような結婚をしたといういきさつがある。

この四人で歌ったレコードは名盤であり、最近CDとして復刻されてもいる。とくに素晴らしいのは第三幕でこの四人が歌う『四重唱・美しき恋する乙女よ』である。目下進行性認知症の初期段階にあるシシーはあきることなくそのCDをヘッドフォンで聴いて陶酔にひたっている。聴きながら口をパクパクやっている。ここにこの芝居の仕掛けがあり、実によくできている。あとで詳しく述べよう。

オペラ『リゴレット』の原作はヴィクトル・ユーゴーの『王は愉しむ』だという。ユーゴーはこのオペラを観て、特に『四重唱』の部分には「音楽とは素晴らしいものだ。同時に四人の人物が言葉を発しても見事に調和している」と焼き餅半分、感動したようだ。

そんな話が舞台上であって、黒柳が「ねっねっ、ちょっと音楽抜きでやってみましょうか」と言い、四人が同時にその『四重唱』の歌詞をしゃべり始める。わいわいがやがや、うるさいばかりでなにがなにやら分からない。客席は大笑いだが、このあたりから物語は次第に盛り上がっていく。黒柳徹子の個性を存分に引き出した故高橋昌也の演出の妙だろう。

このホームは目下ガラコンサートを控えて準備の最中にあった。それはオペラ王ヴェルディの誕生日を祝うためのものでもあった。出し物はなににしようかと、悩んでいるところへ、お誂《あつら》えのようにジーンが入居してきた。往年の四人がそろったんだもの、これはもう『リゴレット』の『四重唱』をやるしかない。

ところがジーンはイヤだと言う。「私はもう声が出ない。老醜をさらしたくない。私はそれはそれは大変なスターだったのよ。私は自分で自分の栄光を汚すような真似《まね》はしたくない」。頑《がん》として意見を変えない。そのかたくなさの裏にはレジーとの失敗した結婚への悔恨があり、一方の当事者であるレジーにも複雑な心理があるのだが、それらが人間という生き物の優しさによってか、次第に解きほぐされていく過程がいい感じなんだなあ。四人の出演者は全員が好演だ。

レジーとウィルフは突如思い出す。いつもシシーがヘッドフォンでCDを聴きながら口をパクパクやっていたことを。

「そうだ。あれで行こう。口パクだ」と台詞にはないが、全員の意志はそう決まる。

本番の日が近づいてくる。

四人は『リゴレット』の舞台衣裳を完璧に身につける。このあたりから、「老い先は短い。しかしまだ未来はある」といった老人の生きる意欲がみなぎってきて胸が熱くなる。

「では、明日の本番に向けて、リハーサルをしようか」とレジーが言う。

全員がプロの顔になる。

CDから前奏が奏でられ、『リゴレット』の『四重唱・美しき恋する乙女よ』が歌いだされるのだが、これが全員口パクなのだ。これが実に上手い。舞台の上には衣裳をつけた老人たちがいる。流れてくる音楽はかつての名歌唱である。しかし老人たちは寸分の狂いもなく、間といい顔の表情といい真に迫って『リゴレット』を演じていく。もはやとても口パクとは思えなくなってくる。老人たちは今、若き日の栄光をわがものとしているのだ。

この時、じわりと込み上げてくる感動の中身はなんなのだろう。生きようとする意欲だけではない。優しさ、思いやり、調和、平和……音楽が持っている良きものすべてに打たれる。芸能にたずさわる人間のすべてが持っている閃《ひらめ》きと跳躍に打たれる。芸術の神髄が虚実皮膜《きょじつひまく》にあることを、こんなにも見事に教えてくれる演劇というものに初めて出会った歓びと驚き。

カーテンコールの万雷の拍手の中で、車椅子の黒柳徹子は最上階の客席にまで笑顔と投げキスを送る。この人はまことスポットライトにふさわしい光の聖女だと私は思った。

黒澤明『生きものの記録』の予言性

黒澤明に『生きものの記録』（一九五五年、東宝）という作品がある。『酔いどれ天使』『野良犬』『羅生門』『生きる』『七人の侍』と快調にヒットを飛ばしてきた黒澤明にしては相当趣の変わった映画である。いや映画と呼ぶにはあまりに高貴あまりに真っ正直、有無を言わさぬ力を持った人類への警告である。

アメリカ合衆国はマーシャル諸島共和国に属するビキニ環礁で一九四六年から五八年にかけて二十三回の核実験を行った。日本の遠洋マグロ漁船第五福竜丸は一九五四年の水爆実験による多量の放射性降下物（死の灰）を浴び、無線長だった久保山愛吉さんは半年後に亡くなった。こんなニュースを新聞で見て、黒澤の盟友である早坂文雄（作曲家、『羅生門』『七人の侍』など）が「こんな時代では、安心して仕事ができませんね」とつぶやいた。

その一言で、黒澤明の創造意欲にむらむらっと火がつき、黒澤は間髪を入れずにこの映画の製作にとりかかった。出来上がった作品は、ど真ん中に投げ込まれた豪速球であった。捕手であるはずの観客はみなこの豪速球を受け止めそこね、受け止めたにしても手がしびれてしばらく口がきけない。打者であるはずの批評家たちも呆然《ぼうぜん》とこの球を見送り、苦笑するしか能がなかった。中には「この映画を撮ったんだから、君はもういつ死んでもいいよ」と絶賛する徳川夢声とか、「鉄棒で頭を殴られたような衝撃を受けた」と感動を隠さない大島渚監督などがいたが、マスコミは斜に構えた意見をならべ、世評もそれにならって散々だったから、興行成績はそれまでの黒澤作品では最低であった。

話はこうだ。鋳物工場を経営する中島喜一（七十歳前後か。これを三十五歳の三船敏郎が演じている）は最近、新聞紙上をにぎわせている原水爆の恐怖にうなされている。恐怖というよりこんな非人間的な兵器を作り出し、広島、長崎に地獄の苦しみを与えただけではあきたらず、さらなる巨大化を求めて実験などという愚行をつづける人間に腹が立ってならない。恐怖と怒りに中島の顔はひきつり身体《からだ》はふるえ、炎となって燃え上がりそうだ。

中島はついにたまりかね、ブラジル移住を計画し、そのために全財産を投げ打とうとしている。ただ、一代で企業を成功させた人間にありがちな自己中病に中島も侵されていて、加えて旧弊な人間であるから妾《めかけ》が四人（二番目は亡くなっている）もいる。妾たちには子供もいるから、親族諸々を入れれば相当な人数であるが、それらすべてを連れてブラジルで農園経営をしようと言い出す。むろん誰もが黙ってついてくるものと信じていたのだが、家族は意外な反応をする。

家族たちはほぼ全員、父中島喜一の放射能にたいする恐怖心は被害妄想というべきもので、この際、父を準禁治産者《きんちさんしゃ》にしてしまわなければ全員の生活が崩壊する、との意見の一致を見て家庭裁判所に申し立てる。

「死ぬのはやむをえない。だが殺されるのは嫌だ」

中島のこの言葉に、審判の参与員の一人である原田（志村喬）は心動かされるのだが、ほか二人の意見に従い、家族の申し立て通り中島を準禁治産者に指定する。

全財産を押さえられた中島はそれでもなお家族の前に手をついて、ブラジル行きを懇願するのだが、精神的な錯乱を起こして昏倒《こんとう》する。

夜中に意識を回復した中島は、工場に火を放つ。工場は全焼である。

「これでええんじゃ……工場は焼けても、ブラジルでなんとかやっていけるだけのものはある」と中島が言った時、

「それじゃ、旦那……俺達は……俺達はどうなってもいいのかね」

工場長の涙声を聞き、中島ははっとし、そのままドロ道に泣き崩れる。

「自分だけが助かろうとするわしの料簡《りょうけん》が間違っとった……」

中島は精神病院に収容される。

原田が見舞いに行くと、担当の精神科医が思案げに言う。

「しかし……この患者を診ていると、……なんだか……その……正気でいるつもりの自分が妙に不安になるんです。……狂っているのは、あの患者なのか……こんな時世に正気でいられる我々がおかしいのか……」

病室の中島は存外明るい顔をしていた。彼は、自分は地球を脱出して別の惑星に来ていると思っているのだ。

その時、照り付ける午後の太陽が窓のむこうに輝いていた。それを指さして中島は叫ぶ。「早く逃げないとえらいことになる……何故それが解らんかな……早くこの星へ……おう！　地球が燃えとる！　地球が燃えとる！」

黒澤は自伝『蝦蟇《がま》の油』の中で述懐する。

「戦争中の私は、軍国主義に対して無抵抗だった」「私達日本人は、自我を捨てることを良識として教えられてきた」と反省し、結論として黒澤は思う。「私は、その自我を確立しない限り、自由主義も民主主義も無い、と思った」と。奇《く》しくも一九五五年は原子力基本法が制定された、原発の起点ともいえる年である。そのことにたいする恐怖と怒りが、黒澤明のこの映画への創作意欲を高めていたに違いない。

この『生きものの記録』には、天才作家の予言性が横溢《おういつ》しているのだが、人間はえてして怖い予言には耳をふさぐものだ。晩年の『夢』（第六話「赤富士」、一九九〇年）では、原発事故にたいする警告を発しているが、それにも耳をふさいだまま、日本は福島第一原発の大事故を引き起こしている。「無知は人間の狂気だ」と黒澤は言うが、今や狂気と正気が入れ替わっている。

がしかし希望はまだかすかに残っているのかもしれない。核兵器廃絶国際キャンペーン（ＩＣＡＮ）が二〇一七年のノーベル平和賞を受賞した。ところが唯一の被爆国である日本はその核兵器禁止条約に賛成票を入れていない。こんなブラックジョークがまたとあろうか。地球が今にも燃えそうなこの時に。

高島礼子、無限の未来

高島礼子の座長公演『おんなの家』（橋田壽賀子作、石井ふく子演出、明治座、二〇一七年十月二十一日、夜の部）を観てきた。高島礼子の舞台出演はかなり遅かったほうで、私が初めて観た『地球ゴージャス』（二〇〇二年、日生劇場）が確か初舞台だったと思う。それはミュージカル調の現代劇であり、さほど重要な役どころとも思えなかったのだが、本人はなにか大きな勘所をつかんだように、その頃から「舞台は面白い。私は舞台女優をめざしたい」としきりに言い始めた。

その後、『女たちの忠臣蔵』（二〇一二年、明治座・新歌舞伎座）で大石りくという大役を与えられ、突如座長として舞台に立つようになった。つづいて『春日局』（二〇一五年、明治座）で一段と経験を積み、『御宿かわせみ』（二〇一六年、明治座）で庄司るい役をつかんでからは、押しも押されもせぬ座長としての貫禄も出てきて、中村橋之助（現・八代目芝《し》翫《かん》）を相手に余裕すら見せるようになった。

で、こたびの『おんなの家』である。この作品が世に出たのは一九七四年二月のTBS東芝日曜劇場であった。その時の配役たるや、長女・梅は杉村春子、三女・葵は山岡久乃、四女・桐子は奈良岡朋子といった錚々たるメンバーであり、大好評を博し、シリーズ化されて二十年近くつづいた。むろんこの三大女優での舞台上演（名鉄ホール、一九七八年）もあったが、その後、この作品は名だたる女優たちによって競って上演され、例えば、池内淳子版、光本幸子版、高橋惠子版、二代目水谷八重子版、竹下景子版と枚挙にいとまがないほど、再演に再演を重ね、今や古典としての風格さえ漂う作品となっている。

その名作に高島礼子、熊谷真実、藤田朋子の三人が挑戦する。なにやら心配でたまらない。親心とか身内意識と言えば聞こえがいいが、単なるファン心理かもしれない。私は、ほろり涙ひとしずくで一世を風靡《ふうび》した日本酒「黄桜」のＣＭ（一九九七年〜）を見て以来、この女優は大成すると勝手に思い込んでいた。

自分の処女小説『兄弟』がベストセラーとなり、一九九九年にテレビ朝日で開局40周年記念番組としてドラマ化されることになった。主役（兄）をビートたけしさんが演じてくれたこともあって、視聴率25・9％をたたき出し、その年のドラマ部門のベストワンにまでなった。この時、私は抜かりなく、作中の私（弟）の妻役に高島礼子を指名していた。むろん高島は私の期待に応えてくれた。

次は、二〇〇〇年の春、直木賞を受賞した小説『長崎ぶらぶら節』が、東映で映画化された時、主演の愛八役は吉永小百合さんであったが、そのライバル芸者である米吉役には、これは声を大にして高島礼子を推挙した。案の定、高島は好演し、その年の日本アカデミー賞の助演女優賞に輝いた。

してまた次は、小説『赤い月』がまたまたベストセラーとなり、東宝での映画化（二〇〇四年）は常盤貴子の主演で決まったが、テレビ東京開局40周年記念番組としてドラマ化された時、一も二もなく高島礼子を推した。高島は体当たりでこの森田波子役に取り組み、視聴率は二夜平均23％を超えた。

まだある。私の小説『夜盗《やとう》』は最初から高島礼子に当て込んで書いたものである。だから、二〇〇五年にTBSで里見浩太朗芸能生活50周年特別企画としてドラマ化された時には当然のごとく主役の衣笠マリアは高島礼子が演じた。

ほかにもまだある。私の提唱する世界劇（演劇とオペラとオーケストラと舞踏と大合唱を融合させた舞台芸術）の『黄金の刻《とき》』（真説・山椒太夫、二〇一〇年二月、日本武道館）では安寿をやってもらった。ちなみに山椒太夫は里見浩太朗であり、厨子王は今や『ワンピース』でブレイク真っ最中の尾上右近であった。演出は私自身であり、音楽と合体した芝居だから、台詞の音程の取りかた、リズム感など細かい指示を出し、難しい注文をつけもした。その一つ一つに、高島礼子は直立不動で耳を傾け、はい、分かりました！と応ずる。礼儀正しいというか一心不乱というか、もう涙ぐましいほどの生真面目さなのである。もはや誰一人疑うもののいない大女優になっているというのにだ。

まだまだある。『なかにし礼と12人の女優たち』というCDアルバムを作った時、高島礼子には『恋の奴隷』を歌ってもらった。なんとレコーディングは生まれて初めてという。だからプロはだしとまでは言えないが、なんとも可愛く色っぽいものに仕上がった。

そのアルバムが好評で、今度は『なかにし礼と13人の女優たち』というCDアルバムをつくることになった。歌ってもらったのは『ホテル』。このレコーディングの最中に夫君の報道がなされ、『ホテル』という不倫の歌を選んだことを私は悔いたが、高島は気にする風情もなく歌いきった。この時、たぶん彼女の中で何かがふっきれたのではないか。自分は女優の道を進むのだという決心をがっちりとかためたのではないか。そんな気概をレコーディングスタジオで感じたものだ。

高島は離婚し、世間の寒風にもさらされた。

そういう高島をそば近くで見ているから、私は高島礼子の才能の寸法どころか面積も体積も熟知しているつもりでいる。だから『おんなの家』の幕が開くまで何かしら落ち着かないのだ。

ところがだ。高島礼子はものの見事に化けていた。役者は人生の辛酸を糧にして大きく変身することがままあると言われるが、それがまさに高島礼子に現象として起きたのではないだろうか。

なんともいえない愛らしさ、可憐《かれん》さ、おおらかさ、いい笑顔、自然な台詞回し、身のこなしの鮮やかさ、全身を客席にさらしながらもいや増す魅力の自覚。座長の風格は十二分である。私はもう驚いた。

「上手《うま》くなったねえ」

これが楽屋を訪ねた私の第一声であった。

「いえ、みなさんに支えられて」

その言や良し。

高島礼子の未来は明るい。

大竹しのぶと60人の男たち

やや旧聞に属するが、二〇一七年七月十七日、青山のブルーノート東京において『大竹しのぶと60人の男たち』というパーティがあった。タイトルはいささか刺激的だが、中身は大竹しのぶの60歳の誕生日を祝う会であった。定刻通りに会場に到着してみると、ステージの上にはたった今リハーサルを終えたような熱気がまだ漂っていた。

なるほど、今日はコンサートでもやるのか、と思いつつ指定の席に着くと、来るわ来るわ次から次と知った顔の人がひっきりなしだ。これには私も驚いた。

明石家さんま、安住紳一郎、安倍寧、彩輝なお、綾瀬はるか、池上季実子、泉谷しげる、市村正親、高橋克実、岩崎宏美、江川卓、奥田瑛二、賀来千香子、木村佳乃、ジミー大西、白石加代子、段田安則、寺島しのぶ、豊川悦司、中村勘九郎、中村七之助、野田秀樹、平野レミ、藤原竜也、宮本亜門、清水ミチコ、三谷幸喜、映画監督の堤幸彦や鶴橋康夫、嵐の松本潤、むろんＩＭＡＬＵもいる。ほかにも大勢の著名人や関係者がいたが、これらの人々が暗い客席のあちこちにおさまると、会場はびっしり埋まった。約２５０席の会場が、この客席の面々が放つオーラで熱気むんむんだ。

ステージ上には、ギターの西慎嗣ひきいる八人のバンドメンバーが位置につく。俳優の八嶋智人が登場し、司会者として開幕を告げる。いよいよ大竹しのぶの登場である。

拍手で迎えられた大竹しのぶさん。還暦ということで真っ赤なドレスを着ている。胸は大きく開き、肩や腕は堂々と見せている。

例によって低い声でぼそぼそと、「ばたばたとしちゃって、準備不足で、今日はなにがどうなるのか分かりませんが、楽しんでください」みたいなことを言い、各テーブルにシャンパンが行き渡ったところで、乾杯の音頭の発声に幻冬舎社長の見城徹氏を指名した。

壇上に上がった見城氏はいきなり、

「今日集まった60人の男たちの中の30人とは肉体関係を持ったことがある、としのぶさんは最近、ある雑誌のエッセイに書いてらした。その中にぼくが入ってないのが悔しいですけど、とにかく還暦おめでとう。乾杯！」

しのぶさんは否定もせずへらへら笑っている。

この不躾《ぶしつけ》なスピーチで座は一気に無礼講になった。次にマイクを回されたのは誰かと思うと、

「ぼくは内縁の夫をやってました野田秀樹です」

ときたからもう場内爆笑である。野田氏としのぶさんの関係は有名だから、そのことには驚かないが、この表現の秀逸さには感心した。

「あの頃は、どこの地方へ行っても、あの人よ、さんまさんを苛《いじ》めているのは、と道行く人に指をさされてつらい思いをしました……」

野田氏のあっけらかんとした挨拶で今度は自由闊達《かったつ》な空気というか、もうなんでもありの雰囲気になってしまった。

料理が出され、食事が始まったところで一曲目の歌になり、大竹しのぶと清水ミチコの二人で『プレイバック・パート2』。で二曲目は急遽《きゅうきょ》駆け付けてくれたというシンガー・ソングライターの山崎まさよしさんと大竹しのぶのデュエットで『黄昏のビギン』。これがまたいい味なんだなあ。大竹しのぶはこういう若いアーティストたちと日頃から一緒に音楽をやり、親交を深め、そして若者たちから敬慕されてもいる。しのぶさんの音楽への愛がひしひしと舞台から伝わってくる。

三曲目は『人形の家』。こんども若いミュージシャンの西川貴教さんと。西川さんは一応私のほうを見て、「ご本人の前で歌うなんて緊張します」などと社交辞令を言ってくれるが、歌いはじめるとなんのなんの、男と女のデュエットであるが、今まで聴いた『人形の家』とはまったく違う、世界の大きく広がった、音楽的にも高度な、実に感動的なものになっていた。

歌が終わったところで、三谷幸喜と清水ミチコが登場し、『大竹しのぶ・架空インタビュー』というのを始めた。

三谷　大竹さんは毎日舞台に立っていて声が嗄れるっていうことはないんですか？

清水　（大竹のものまねで）赤ちゃんて朝から晩まで泣いていても声が嗄れないでしょう。あれと同じかしら。

三谷　大竹さんのライバルは誰ですか？

清水　わたし、自分より上手《うま》い女優さんに出会ったことがないので、ライバルと言われても……。

三谷　大竹さんは恋多き女という噂がありますが。本当ですか？

清水　それは私に会った男の方がみんな私を好きになってしまうんで、それだけのことです。

清水ミチコのものまねがあまりに似ているので、まんざら架空とも思えなくなってくる。四曲目は大竹しのぶと泉谷しげるのデュエットで『黒の舟唄』。これはまた渋くて思いが籠もっていて、日本の芸能の奥深さを感じさせるような感銘を与えてくれた。

で、突然、元旦那、明石家さんまさんの登場である。

「なんや、しのぶ、会費二万五千円もとっといて、メインに鶏肉はないやろう。牛肉をだせや、牛肉を。お前いつも、腕のポタポタが気になる言うてたけど、今日の衣裳はなんやそれ、腕のポタポタ丸見えやんか。そうそう、野田さん、野田秀樹さん、なんであんたあの時、しのぶと結婚してくれなかったんや？　してくれてたらやなあ、おれはＩＭＡＬＵの養育費払わなんで済んだんや」

客は全員笑いころげる。舞台は一気にさんまの独演会となるが、日本の話芸は世界に類例がないというけれど、さんまの芸そのものが唯一無二のものだろう。

宴はつづき、最後は『オブラディ・オブラダ』を会場の全員が歌って大盛り上がり、面白くて素敵で楽しくて、途中で席を立つものは最後まで一人もいなかった。しのぶさん、還暦おめでとう!

エディット・ピアフ、三つの伝説

カナダの女子フィギュア選手ケイトリン・オズモンドが二〇一七年のグランプリシリーズ・ショートプログラムの背景音楽に選んだのはエディット・ピアフ（一九一五―六三）の歌う『パリの空の下』『ミロール』であった。彼女はその歌に乗ってカナダ大会で優勝し、フランス大会とファイナルでは惜しくも三位に終わったが、この選曲と振り付けの妙はケイトリン・オズモンドを今までにない輝きでつつんだことは間違いない。そしてなによりも驚くのは、オズモンドのスケーティングの切れの良さとダイナミズムもさることながら、リンクに流れるエディット・ピアフの歌声の圧倒的な存在感である。そして私はふと考えた。今や時代は大きく変わり、もはやシャンソンという言葉さえ死語になりつつある。思えば、トレネ、ジロー は言うまでもなく、グレコもモンタンもベコーもアズナブールもアダモさえ、みんな消えつつある。フランスではかつてのシャンソンのことをクラシックと呼んで、はっきり過去のものとして祭り上げている。なのに、エディット・ピアフだけは、少しも古くならずなぜ燦然《さんぜん》と輝きつづけているのであろう。

ゴムボールは強く大地にたたきつけられたらそれに比例して高く舞い上がるという力学

上の法則があるが、芸術家の才能にも当てはまる部分があるかもしれない。そう、エディット・ピアフはこっぴどく大地にたたきつけられ、その痛みをバネとして空高く舞い上がったと言えなくもないのである。それゆえにこそ、ピアフの歌は私たちの頭上にありつづけている。それはどんな痛みなのだろうか。

ここに三冊のピアフの伝記がある。一冊はピアフ自身が死の床で語り下ろしたと言われる『わが愛の讃歌―エディット・ピアフ自伝』。二冊目はピアフの妹を名乗り、後にそれは完全に否定されたが、悪友であったシモーヌ・ベルトーが書いた『愛の讃歌―エディット・ピアフの生涯』。三冊目は母違いではあるが、父を同じくする十五歳年下の妹ドニーズ・ガシオンが書いた『我が姉エディット・ピアフ』。ピアフの伝記はたくさんあるが、ここではこの三冊から引用させていただく。

ピアフの父親ルイ・アルフォンス・ガシオンは大道芸人であり、母親アンネッテ・ジョヴァンナ・メラールはカフェの歌手であり、ピアフを産んだ時は十七歳だった。ピアフは大道芸人の子にふさわしくベルヴィルの路上で産まれた。後にトゥノン病院で誕生したと修正されているが、それは生まれてすぐかつぎ込まれたのであろう。ベルヴィル七二番地のその家の扉のプレートには「この家の階段でエディット・ピアフは生まれた」と書かれてある。

スタートがこうであったから、その後につづく幼年期少女期は推して知るべしで、母親が育児放棄したせいでピアフは親戚の売春宿にあずけられる。そこで角膜炎を患い、目の見えない生活を強いられる。幸い数年で病は癒えるのだが、ピアフはまわりの女たちが春をひさいで生きる姿を毎日見ることになる。やがて、ピアフの歌の上手さに気付いた父ガシオンはピアフを連れて仕事に出、自分の芸が終わったあとで、ベレー帽を持たせて客たちから金を集めさせ、その後で歌わせた。それでまた小銭の雨が降る。こうしてピアフは路上で歌の修業をすることになる。そんな時に現れたのが悪友シモーヌである。後にピアフはシモーヌのことを悪霊とまで呼ぶが、それほどまでにシモーヌの影響を受け、乱倫ともいえる生活をつづけた。一九三二年ごろ、ピアフはルイという若い配達員と恋をし、妊娠し、女の子を産む。マルセルという男の名前をつける。が、ふしだらな生活は変わらない。たとえばこうだ。

いまや一部屋に四人の生活、四人が同じベッドに寝る。暖房もない。赤ん坊に冷たいままのミルクを飲ませる。赤ん坊を抱いて街に歌いに出る。ピアフは気ままで、家に帰らない日もある。やがてマルセルは二歳になったが、脳膜炎を患い、あっけなく死んでしまう。埋葬するには八十四フランかかる。あちこちからお金をかき集めたものの、あと十フラン足らない。二十歳のルイは頼りにならない。

「しかたがないわ……あたしがつくるわ」

ピアフはシャペル大通りで一人の男をつかまえホテルの部屋に入った。

「君はなぜこんなことをするの？」と男が訊いた。

「子供の埋葬費に十フラン足りないから」

男は十フラン以上を置いて立ち去った。

シモーヌは言う。

「そのために、こんなことまでするとは！」

さて、同じ場面を、ピアフ自身はこんな風に描写している。

「私の話を聞くと、彼は当然のことを要求しないで、こう言ったのです。行っていいよ、……ねえさん、元気を出すんだね。人生ってつらいことがおこるもんだからさ」

ピアフが自分の過去を美化したい気持ちは分かりすぎるほど分かる。しかしあまりに説教話めいていやしないか。もしこの時、ピアフが無傷だったとしたら、いったいピアフの痛みとはなんだろう。このあとの生活で味わう、不実や裏切りや死ぬ思いの別れや薬物依存の苦しみなどは大人になったピアフが自ら選んだ人生の苦難だ。だがこの決定的な、若き日の無力と無思慮によって味わった屈辱、我が子への愛あればこその汚れ、それはピアフの最大の痛みだった。それでこそジャン・コクトーの言葉がひしと胸に染みるのだ。

「彼女は、フランスの空の夜の孤独の中で悲しみもだえているひとつの星である。どのようにピアフは、その狭い胸から夜の大きな哀訴の声を出すのだろう。彼女は自分自身を超越する。歌を超越し、歌のメロディーや歌詞を超越する。もはや歌っているのはピアフではない。それは降る雨であり、吹く風であり、照る月の明かりなのである」

コクトーはピアフの死んだ翌日に死んだ。

浅丘ルリ子、流離の憂《うれい》

山田洋次原作・監督、渥美清主演の松竹映画『男はつらいよ』は一九六九（昭和四十四）年夏に上映されたが、それから一九九七年に主演俳優渥美清の死後封切りされた『寅次郎ハイビスカスの花―特別篇』まで、なんと二十八年間にわたる全四十九作がすべて大当たりし、世界最長の映画シリーズとしてギネスブック国際版にも認定された。

私はたまらなくこのシリーズが好きだった。この映画に横溢する笑いのセンスが上質な江戸落語のように心地好《よ》かったこともあるが、なんといっても寅さん役の渥美清と妹さくら役の倍賞千恵子、その夫役の前田吟ら俳優陣の卓越した演技力とチームワークが作り出す、ものの見事に完成した人間劇がえも言われぬ感動を与えてくれるのだ。このゆったりと身をまかせて安心というその安心感はどこから来るのか。それは全編の随所に映しだされる日本の原風景とか、とうの昔に失われてしまったに違いない人情の美しさ、また悪人が一人も登場しない一種の理想郷を描いていながらもそこは実は善良な市民たちが身を寄せ合って生きるしかない切ない浮世なのだという、この二重映しのようなリアリティに人々は喝采を送ったのだと思う。ゆえに「フーテンの寅」と自称し、善良な市民たちを

「労働者諸君！」と言ってはばからない寅さんのあてどない漂泊人生が、善良な市民から見れば自由奔放の象徴のようにも映るのだ。

作品の評価や好みはむろん個人差のあるものだが、私にかぎって言わせてもらえるなら、寅さんシリーズのベストワンは『寅次郎相合い傘』（第十五作）だ。次いで『寅次郎忘れな草』（第十一作）、次いで『寅次郎ハイビスカスの花』（第二十五作）、マドンナは三作とも浅丘ルリ子である。

映画『男はつらいよ』のそもそもの原点は安住の地を持たない人間の漂泊の悲しみにある。寅次郎には葛飾柴又に心優しい人たちが住む故郷があるのに、そこに安住することができない。善良な市民たちが守りつづけている善意の世界の偽装性への懐疑をどうしても棄《す》てきることができないのだ。すべてを見通す幼児にも似た寅次郎の真っ正直な感性が反骨となり、己をあえて逸脱者にしないでいられない。

世間から見れば、落ちこぼれ、はぐれ者、流れ者、やくざなろくでなしに過ぎないのに、寅次郎の生きざまはなぜか光輝を放っている。それは漂泊者の悲しみ、自由への渇望、終わりなき旅、安住の地を持たぬ孤独を宿命として受け止めた者の矜持《きょうじ》がなせるものだろう。

で、作者の山田洋次はというと、山田は一九三一年大阪の豊中市に生まれたが、満鉄勤務の父親とともに二歳で満洲に渡った。そこで少年期を過ごし、一九四七年、一家は大連から日本に引き揚げてきた。がすでに日本に故郷はなかった。つまり山田自身の引き揚げ体験がそのまま車寅次郎の漂泊者の悲しみの原点となっているのだ。

漂泊者の悲しみを主調低音とする寅さんシリーズにまるでどこからか流れついたかのように登場したのが浅丘ルリ子演ずる旅回りの歌手リリーである。リリーは暖かい町から暖かい町へと渡り鳥のように旅をつづけ、安キャバレーで歌を歌って浮世をしのいでいる。寅さんと同じだ。その顔、その眼、その声、その仕草、派手な衣装からタバコの吸い方まで、リリーには漂泊の悲しみが染み付いている。リリーが漂わせる漂泊の悲しみはむろん役柄と演技によるものであるのは当然としても、言わずにいられないことがある。

浅丘ルリ子は一九四〇年、旧満洲の新京（現・長春）に生まれる。三歳の時、軍属の父の転勤にともなってバンコクへ転居。終戦後は避難民収容所で暮らし、やがて一九四六年、引き揚げ船で日本に帰ってきた。

「名も知らぬ　遠き島より　流れ寄る　椰子《やし》の実一つ」で有名な島崎藤村作詩の『椰子の実』という歌、あの歌の五節目にこんな詩がある。

実をとりて　胸にあつれば
新たなり　流離の憂《うれい》

私もその中の一人だが、旧満洲に生まれ育ち、引き揚げ船で日本に帰ってきた者には、逃れようもなく、流離の憂がつきまとう。自分の意志に関係なく、生まれ故郷から引きはがされ、大海に投げ出され、流れ流れて、たどり着いた砂浜、そこが日本という名の母国であることは紛れもない事実なのだが、魂の奥底で騒ぐものがある。それが第六節だ。

海の日の　沈むを見れば
激《たぎ》り落つ　異郷の涙

生まれ故郷を恋しいと思わぬ人間がありうるだろうか。それがかなわぬ夢であることの憂愁、それが流離の憂だ。いついかなる時も、自分は異郷の地にあるのだというこの流離の憂を抜きにしてリリーを語るのには無理があると思う。リリーの漂泊の悲しみは浅丘ルリ子の流離の憂と表裏一体なのだから。

初夏の北海道網走にやってきた寅次郎の前にドサ回り専門の三流歌手のリリーが現れる。まるで寅次郎の分身のような女だ。これがただで済むはずがない。そんな運命の出会いを感じさせるのが『寅次郎忘れな草』だが、『寅次郎相合い傘』ではそれがいよいよ切ない恋物語になっていく。

函館の夜のラーメン屋、そこで寅次郎はリリーと再会する。この再会は偶然でもなんでもない。相寄る魂というものはそういうものだ。ましてや二人は渡り鳥のような暮らしをしている。再会することになんの不思議があろう。しかし二人は心では惹《ひ》かれあいつつもつい喧嘩をし、悲しい別れもする。あと一歩で二人は結婚しそうになるが……。

「冗談だろう？　悪い冗談はよせよ」

「そっ、冗談に決まってるじゃない」

漂泊の悲しみも流離の憂も、終わりがないからこそ宿命なのだ。リリーの登場によって寅次郎映画は完璧な名作となった。

オペラ『静と義経』再演決定

私が作・台本を担当したオペラ『静と義経』（三木稔作曲）が二十五年ぶりに再演されることが正式に決まった。

私が創作オペラの台本を書いたのはオペラ『ワカヒメ』が最初である。新しくできた岡山シンフォニーホールから開館記念作品として委嘱《いしょく》され、『源氏物語』や『春琴抄』などのオペラを作曲している三木稔氏から指名を受けて書き上げた。『古事記』『日本書紀』から題材をとり、五世紀頃、吉備の国が大和の策謀にからめ取られ、敗れゆく姿を滅びの美学で謳《うた》いあげて、大好評を博《はく》した。上演は一九九二（平成四）年一月二十五～二十八日。ついでながら、オペラ『ワカヒメ』は翌一九九三（平成五）年七月十六日、NHKホール開館20周年記念公演としてNHKホールで再演され、BSで全国放送された。

今度はどういう風の吹き回しか、私が鎌倉芸術館の芸術総監督に迎えられることになり、芸術館の柿落《こけら》としのオペラ作品を委嘱された。そこで今度は、私の方から三木稔氏に依頼し、忙しい氏に大変なご苦労を強いて書き上げてもらったのが、オペラ『静と義経』。上演は一九九三年十一月四日～七日であった。これまた連日立ち見の出るほどの大成功をおさめた。

そのオペラ『静と義経』が来年春、なんと、日本オペラ協会創立60周年記念公演として再演される。公演日は二〇一九（平成三十一）年三月二日、三日、会場は新宿文化センター大ホール、総監督は郡愛子（なんとこの方は『静と義経』初演の時、静の母、磯禅師で出演していた）、指揮は気鋭の女性指揮者田中祐子、演出は馬場紀雄。静は坂口裕子と沢崎恵美、義経は中井亮一と中鉢聡等々……目下第一線で活躍する歌手たちが大挙出演する。演奏は東京フィルハーモニー交響楽団、平成最後のグランドオペラを、私は監修という立場で精一杯つとめるつもりだ。

物語は、頼朝方に追われて雪の吉野山を越える義経一行、この先は女人禁制、泣く泣く静を都へ帰す決心をする義経。が、静はすでに義経の子を身ごもっていた……あとは観てのお楽しみ。期待を決して裏切ることのない保証として、劇評を一つ引用しておく。

「日本の音楽劇で、この終幕のアリアの本当に純粋な美しさと比較できるものはかつてなく、西洋のレパートリーの中で較べられ得るアリアもごく僅か、大力作といえよう。『静と義経』は、オペラのあるべき全て、すなわち、悲劇的で、華々しく、感銘的で、永遠性があり、そしてポピュラー性さえ備えた愛へのオマージュである」と『ジャパンタイムズ』の音楽評でも絶賛されたのである。

西洋音楽に関して日本は後進国ではあるが、舞台芸術や民衆音楽については堂々たる伝統のある国であることを忘れてはならない。

一八五三年、ペリー提督率いる黒船が来航し、日本人を集めて「ミンストレルショー」（白人が黒人の扮装《ふんそう》をして歌って芝居をする）なるものをやった。言葉は分からなくてもその楽しさに日本人はやんやの喝采を送った。その後は、アメリカ以外にもイギリス、フランス、ロシア等々さまざまな国の船が来航し、音楽文化の豊かさを見せつけられ、唖然呆然《あぜんぼうぜん》とするばかり。江戸時代、儒教思想にこり固まった為政者は『能』だけを「式楽」として重んじ、一般音楽を遊芸として卑しんでいたのだが、さすがの彼らも西洋音楽のみならず芸能の力に衝撃を受け、明治初年（一八六八年）、文部省は初等教育の教科目に唱歌を採用する方針を決め、明治五年には実施した。

一八七九（明治十二）年、文部省は音楽取調掛（のちの東京音楽学校、現在の東京藝術大音楽学部）を設け、国民教育としての音楽の内容とその教育法の研究を行うようになった。

これは表向きの歴史であって、日本の西洋音楽の歴史にはもう一つの流れがある。それは軍楽隊の存在である。日本の軍楽隊は一八六九（明治二）年、音楽取調掛のできる十年前からすでにイギリス陸軍軍楽隊長の指導を受けて音楽と吹奏楽を修得していた。そういう流れの中で、一八九七（明治三十）年、かの有名な『軍艦マーチ』（瀬戸口藤吉）が作曲されているのである。これは驚くべきことである。明治が始まってわずか三十年でこれほどの名曲を作り上げる日本人の西洋文化受容能力の高さに私は舌を巻く思いがする。

「明治の思想は西洋の歴史にあらわれた三百年の活動を四十年で繰り返している」と夏目漱石は『三四郎』（一九〇九年）で書いたが、まさにそれを実行した実例のような話だ。

滝廉太郎が出てきて『荒城の月』（土井晩翠作詩）という日本初の名歌を世に送り出したのは一九〇一（明治三十四）年であるが、『軍艦マーチ』に四年遅れていることを考えると、まさに戦争は必要の権化であり、必要は発明の母であると言えるだろう。だが、むろん戦争は忌むべきものである。

そこで発想を転換する。つまり重要なものはなにか？　それは必要の変形とも言える渇望である。どうしても日本語による日本音楽と西洋音楽の合体したオペラを創造したいという渇望、またそれを鑑賞して熱狂する聴衆の姿をこの目で見たいという強い渇望、それが奇跡的作品誕生の秘密であることを『軍艦マーチ』は教えてくれる。

夏目漱石は同じ本の中でこうも言っている。

「我々は西洋の文芸を研究する者である。しかし研究はどこまでも研究である。その文芸のもとに屈従するのとは根本的に相違がある。我々は西洋の文芸に囚《とら》われんがために、これを研究するのではない。囚われたる心を解脱せしめんがために、これを研究しているのである」

オペラは本来民族色の濃いものである。ゆえにオペラ作りに際しては「まずは神話から始めよ」とワグナーは言った。囚われたる心の解脱の奥義はこの言葉にあると私は信ずる。それは私のオペラ創作の原理ともなった。その成果が『静と義経』である。静と義経の悲しい物語はすでにして新しき神話であると自負する。

ぜひとも足をお運びいただきたい。

北島三郎と『まつり』

北島三郎さんから歌を書いてくれという電話をもらったのは一九八四（昭和五十九）年の夏頃だった。これには驚いた。北島三郎といえば、デビュー直後のヒット曲『なみだ船』以来代表作は星野哲郎作詩、船村徹作曲と思い込んでいたから、まさかお呼びがかかるとは考えてもいなかったのだ。挑戦してみたい半分、書いてもヒットしなかったらどうしようという恐れ半分、決断までしばし時間を要した。が結局引き受けた。

さて、どうしたらいいのか。私は思索した。

一九三六（昭和十一）年生まれの北島三郎さんは、その頃すでに四十七、八歳、歌手として脂の乗り切っている時であり、また『風雪ながれ旅』という名曲によって風格も一層そなわり、美空ひばりと並んで歌謡界に君臨している趣があった。そこで私は考えた。

北島三郎を江戸歌舞伎の宗家市川團十郎のような存在にすることはできないだろうか。初代市川團十郎（一六六〇―一七〇四）は荒事という芸を創始し完成させ、それによって江戸で絶大な人気を博してきた。荒事というのは、隈取《くまど》りをした超人的な力を持つ主人公が悪党をばったばったとやっつけていくという他愛のないもののように思われるが、そこには力あるものに対する反骨の精神、悪を見過ごすことのできない正義感、死してもなお守り抜く仁義、弱者に優しい侠気《きょうき》、親孝行など、大衆の心をかきたてるものがたっぷりと盛り込まれていた。それゆえに荒事は悪を鎮め、世の禍事《まがごと》を振り払ってくれる厄払いの御利益のあるありがたいものとなった。なにしろ、芝居が終わると舞台は大勢の客が賽銭《さいせん》のごとくに投げた銭で埋まったという。

というわけでいつしか歌舞伎の年初の演目には『寿曽我対面』『助六由縁江戸櫻』『雷神不動北山櫻《なるかみふどうきたやまざくら》』、『菅原伝授手習鑑』の「車引」、『国性爺合戦《こくせんやかっせん》』の「和藤内《わとうない》」、そして『暫《しばらく》』などの荒事が並ぶことが吉例となった。

つまり北島三郎が市川團十郎のような存在となって、歌の言葉によって禍事を振り払い、国土全体を言祝《ことほ》ぎ、国の平和と国民の幸福を願うような歌を歌う。その資格は今の北島三郎には十分にあると私は判断した。

となると、テーマは一つしかない。「まつり」だ。各地の個別の祭りを歌った歌はあるが、さすがに「まつり」なんていう抽象的で茫漠《ぼうばく》としたテーマで歌を書いた人はいない。また「まつり」などと大上段に振りかぶって失敗したら、それこそ世の笑いものになることと請け合いだ。しかし「まつり」と「團十郎」と考えたら、あとには引けないではないか。

日本には、神社が大小取り交ぜて八万もあるという。それらがなんらかの形で祭りのようなものをやるのであろうから、祭りはどこの県のどの町にも村にもある。どの祭りも特徴があり、趣向が凝らされていて、しかも歴史があり、人々に愛されている。季節も春夏秋冬まちまちである。しかし祭りの目的は変わらない。それは「五穀豊穣《ほうじょう》」「大漁追福」「安寧長寿」「商売繁盛」「無病息災」「家内安全」「夫婦円満」「祖先崇拝」「子孫繁栄」「万民豊楽」「天下泰平」……。

どこの祭りと決めてはいけない。日本という国を空から俯瞰《ふかん》し、祭りに沸き騒ぐ人々の風景をうち眺めてみて、そして目を閉じ、瞼《まぶた》に浮かぶ情景を歌にする。そうすれば、どこの町や村の祭りと特定しなくても、日本人の心がざわめかずにはいられない。そんな言葉が紡ぎだせるのではないかと考えた。

だがちょっと待て。かつての蝦夷《えぞ》地が北海道となったのは一八六九年であり、琉球王国で鳴らした国が無理矢理沖縄県にされたのは一八七九年である。この二つの地域についてはは歴史上の様々な事象感情があることは想像にかたくない。だが今は、北の北海道にも南の沖縄にも、日本列島をその霊源とする日本的霊性の余波はきっととどいているにちがいないと考えて先に進むことにした。

日本的霊性という言葉は鈴木大拙の著書『日本的霊性』によって知った。大拙先生は日本人には日本的霊性があるという。だからといって、日本人が他より優れているというわけではない。霊性はどの民族にもある。中国人の霊性、ドイツ人の霊性、トルコ人の霊性、それぞれの国民、民族はその霊性をそなえている。しかしその霊性の「精神活動の諸事象の上に現れる様式には、各民族に相異するものがある」ゆえに「日本的霊性」というものがあることが分かるのであると言う。

日本には古くから神道というものがあったが、「神道にはまだ日本的霊性なるものが、その純粋性を顕《あらわ》して居ない」、平安人は大地を踏んで居ない貴族である。霊性のその実質性は大地にあるのだ。

鎌倉時代に入り、法然、親鸞、日蓮、禅などの仏教が積極的活動を開始し、日本人が宗教に生活の指針を求め始めた時、また平和時には田畑を耕す鎌倉武士が大地の偉大さに感嘆した時、日本人の霊性が覚醒したのであると大拙先生は言う。と同時に、氏神様信仰に近い日本の祭りもこの頃から活発になったであろうことは間違いないだろう。

つまり祭りは日本的霊性の歓喜の表現であると言っていいだろう。「人間は大地において、自然と人間との交錯を経験する。生まれるも大地からだ。死ねばもとより大地に帰る。大地はどうしても、母である。愛の大地である」と大拙先生は喝破している。

この言葉に触れた時、私は「できた！」と思った。

土の匂いの　しみこんだ
倅　その手が宝物

この一行が『まつり』という歌の核である。

北島三郎はNHK紅白の大トリで『まつり』（原譲二作曲）を五回も歌った。さぶちゃんは見事、歌の團十郎になったではないかと私は一人ほくそ笑んでいた。そして歓びの詩

を衒《てら》いなく書けたことによって私自身も今更ながら、やっと日本の歌書きになれたような
そんな満足感を味わっていた。

ミュージカル『キス・ミー・ケイト』と名曲『ソー・イン・ラブ』

ミュージカル『キス・ミー・ケイト』（ベラ＆サミュエル・スピワック脚本、コール・ポーター作詩作曲、一九四八年）と言えば、一昔前の音楽ファンなら「あの劇中歌の『ソー・イン・ラブ』がいいんだよな」と言ったものだが、今となってはその『ソー・イン・ラブ』さえ知らない人の多い時代となってしまった。『ソー・イン・ラブ』はむろんスタンダードジャズとしても定着しているのだが、ピアノ協奏曲風にアレンジされたモートン・グールド楽団の叙情味あふれる演奏が世界的なヒットになったことでも知られる。その演奏を聞けば日本人なら即座にあの「サヨナラ、サヨナラ、サヨナラ」の淀川長治さんの名解説でも愛された『日曜洋画劇場』（NETテレビ、現・テレビ朝日）を思い出すことであろう。何しろ三十六年の長きにわたって毎週、エンディングテーマとして流れたのだから。

前置きが長くなったが、そのミュージカルの日本語版（丹野郁弓翻訳、なかにし礼訳詩）が再々演となったので、そのことについて書きたい。

『キス・ミー・ケイト』の日本語版は一九六六年からすでに上演されていたのだが、丹野さんと私とで新しく書き直したものが二〇〇二年に一路真輝、今井清隆主演（帝国劇場）

で一カ月上演された。それがなんと二〇一七年、今度は一路真輝と松平健主演という新たな組み合わせで再演され、全国を回った。これがまた好評ということでこの度の再々演（東京公演は二〇一八年七月三～八日、東京芸術劇場プレイハウス、八月八日まで全国ツアー公演）となったのだが、全曲訳詩を担当した者としてこんな嬉しいことはない。

好評を呼んだのはなんと言っても松平健の存在感だろう。『暴れん坊将軍』で一世を風《ふう》靡《び》した時代劇の大スターがミュージカルの主役をやるということは、彼はすでに『王様と私』などで経験済みではあるけれど、やはり新鮮な驚きであるのだ。彼にとって主戦場とは言えないミュージカルの舞台に立っていながらまるで力みが見られない。正しく自然に、ストンとそこにいる。だから台詞も自然であり、歌も自然である。歌のほうだって『マツケンサンバ』という大ヒットを飛ばしているほどだから上手くて当然なのに、決して上手く歌おうとしない。なのに上手いのだ。

一路真輝にとって『キス・ミー・ケイト』のケイト役は最初から彼女のために書き下ろされたのではないかと疑いたくなるほどのはまり役で、容姿、歌、演技、すべてにおいて、初演の時からだが、一点非の打ち所がない。シェークスピアの『じゃじゃ馬ならし』を劇中劇とするこのなんとも複雑でドタバタで高尚でコミカルなミュージカルをまるで自分の世界のように楽しげに泳いでいるところが実にチャーミングである。

というわけで、好評の原因はなんといってもこの二人の役者のチャーミング力につきるだろう。『じゃじゃ馬ならし』もそうだけれど、この『キス・ミー・ケイト』も乱暴で荒っぽい言葉が飛び交う。一歩間違うと喧嘩をしているのではないかと思わせるほどのやり取りがつづく。しかしそれをそう見せないのはケイト役一路真輝とフレッド役松平健のチャーミング力にあるのだ。宝塚でトップを張った一路真輝も、押しも押されもせぬ時代劇スターの松平健も、今日あるのはそのチャーミング力ゆえであることは誰もが認めることだろう。

チャーミングな人は世に大勢いるが、それだけでは役者は務まらない。まず芸の力がなくては何事もなし得ない。チャーミングに芸の力を加えたものがつまりチャーミング力で、それこそが歴代の大スターたちが放ったオーラなのであろう。この二人を劇団員である出演者全員が猛烈な歌とダンスアンサンブルで盛り立てる。それも見どころだ。

ミュージカル『キス・ミー・ケイト』は旅興行をなりわいとする劇団が舞台である。時代は第二次世界大戦終了のすぐあと。劇団の中心的存在のケイトとフレッドは元夫婦であったが、『じゃじゃ馬ならし』を演じた際、ペトルーキオー役のフレッドがカタリーナ役のケイトのお尻を青痣《あざ》ができるほどにたたき過ぎて、それで喧嘩別れしたという間柄である。

ではなぜペトルーキオーはカタリーナのお尻を強くたたいたか。それは『じゃじゃ馬ならし』のメインテーマは「お尻ぺんぺん」だからだ。シェークスピアがこの芝居を書いた頃はまだ貴族的封建制の時代で、自分の意思に目覚めた女は勝ち気で生意気な性悪なじゃじゃ馬娘と決め付けられていた。それを淑《しと》やかで従順な娘に飼いならすにはどうしたらよいか。そこでカタリーナの婚約者として名乗り出たペトルーキオーが「それがしにおまかせあれ」と言う。

カタリーナ　熊ん蜂《ばち》には針がある。針がどこにあるかも知らないくせに。
ペトルーキオー　知ってらあな。お尻さあ。

ペトルーキオーはいきなりカタリーナを「お尻ぺんぺん」する。呆気《あっけ》にとられたカタリーナと即座に結婚し、じゃじゃ馬ならしを開始する。飲まさず食わさず眠らせないというまるで拷問のような、現代ならセクハラ、パワハラで大問題になるような方法である。それですっかりカタリーナは温和《おとな》しくなってしまうという物語だ。この芝居をやって別れた二人がいつしか懐かしさとともに心寄せ合うようになる。そして歌うのが『ソー・イン・ラブ』である。

どうぞ　いじめて
傷つけ　泣かせて
死ぬ日まで　私　私
あなたのもの。

という歌詞は私の創作ではない。原詩に、So taunt me and hurt me, Deceive me, Desert me, I'm yours 'til I die. とある。

シェークスピアの喜劇『じゃじゃ馬ならし』の「お尻ぺんぺん」が愛の真実に触れていたという誠に味わい深い名曲に仕上げた作曲家コール・ポーターの才能には頭が下がる。

映画『万引き家族』と満洲崩壊のデジャヴュ

二十一年ぶりのカンヌ映画祭パルムドール獲得という快挙を成し遂げた『万引き家族』を観た。大傑作だ。

リリー・フランキーの怪物的上手さに唸《うな》った。声、表情、仕草、目付き等、腹の底にいつも悪知恵を抱え込んでいるような人間を完璧に演じていた。重心を一点にとどめないこの男の存在が映画全体のあてどなく漂うような雰囲気を見事に作り出していた。カップラーメンをすする時の箸遣いまでが心憎い。安藤サクラは神がかっていた。次第に母の意識が高まっていく感じが実にいい。天を仰ぎ見て流す涙。世紀の名演技であろう。樹木希林の人間を知りつくしてもはや仙境に達したかと思える実在感は圧倒的だ。俳優たちからこれらの演技を導き出し、かくまで衝撃的な映画を誕生させた是枝裕和監督と共演者やスタッフたちに心からの拍手を送りたい。

高層ビル群の谷間にぽつんと取り残され、今にも壊れそうに建ち残っている初枝の家に、ある日、治、信代、亜紀、祥太が転がり込んできたことが話のそもそもの始まりである。

登場人物には誰一人として血のつながりのあるものはいない。すべてが赤の他人である。なのに上手い具合に役回りはそろっている。なんとなく家の主はおばあちゃんの初枝（樹木希林）であり、なんとなく父親は治（リリー・フランキー）であり、なんとなく母親は信代（安藤サクラ）であり、なんとなく信代の腹違いの妹は亜紀（松岡茉優《まゆ》）であり、なんとなくその弟は祥太（城桧吏《じょうかいり》）である。

治と信代の魂胆は初枝の年金であり、それを最低の当てにして、あとは二人で適当に働いて、それでも足りない分は万引きで賄《まかな》おうというわけだ。近い将来にはこのぼろ家をつぶしてマンションでも建てれば、その最上階に暮らして屋上から隅田川の花火が見られるぜというさもしい考えもあるがおくびにも出さず、血のつながりがないゆえの遠慮と気遣いでさして面白いことがあるわけでもないのに笑いの絶えない毎日をやり過ごしている。……いつしか、その生活の中に幸せに似たものが漂いはじめ、家族の絆のようなものがちらちらと見え隠れし始める。すると治は拾ってきた少年の祥太から、お父ちゃんと一度くらいは呼んでもらいたいなんて思ったりする。

根っからの怠け者である治は働くことが嫌いだが、嫌々ながらも日雇い仕事には出る。信代はクリーニング工場で働いてしがない給料をもらっている。亜紀はJKリフレ（女子高生の制服を着て、マジックミラーの前で自慰行為をしてみせる）とかいう新種のアルバイトで時々金を稼いでくる。

万引き以外に教えるもののない治は祥太にそのやり方を教える。「店に並んでるのはまだ誰のものでもないからさ」という哲学だ。「まあ、お店がつぶれなきゃいいんじゃない?」と信代もそう言って認めている。祥太はそれを信じて万引きの腕を上げようとする。実は犯罪そのものである「万引き」が二人の仕事となっていた。

この五人の生活にある日、一人の女の子が加わることになる。団地に住む若い夫婦に虐待されているらしい女の子が外廊下から中に入れてもらえないでいるのを見兼ねて、治と祥太が連れてきてしまったのだ。名前はゆり（本当の名はじゅり）という五歳の女の子だ。

世間から見ればれっきとした誘拐である。それを治は、俺たちはゆりを守ってやってるんだ、第一身代金を要求してもいないし、と言って帰そうともしない。女の子も家に帰りたがらない。信代はゆりをわが子のように可愛がる。ゆりが加わったことで、もともと危ういこの虚構の家族がぐらつき始める。

映画『万引き家族』の物語は満洲崩壊とまったくの相似形である。話をこじつけるにもほどがあると言われそうだが、それは想像力の欠如した人の傲慢な言い分だろう。幻の帝国満洲から追われて日本に帰ってきた人たちはみなデジャヴュ（既視感）をもってこの映画を観たはずだ。

近代化から取り残された中国の満洲というあばら屋に侵略という方法で、まるで治と信代のように転がり込んでいったのは日本ではなかったか。満蒙は日本の生命線であるとか言って。そこに五族協和などというお題目を掲げて虚構の国家を造ったのも日本ではなかったか。確かに一時期は繁栄と幸福らしきものを、みなで味わった時もあった。しかし、あれは虚構のダンスにすぎなかった。この映画の、六人で海へ行き、波打ち際でジャンプを楽しむシーンはまさにそれを表現している。

虚構国家の王道楽土はソ連軍参戦によって、見るも無残に崩壊する。五族協和を声高に叫んでいた関東軍は国民を守るどころか一目散に逃げ去った。国民も逃げ散った。

ある日、祥太は万引きが露見して捕まる。まだ万引きの下手くそなゆりをかばって捕まったのだ。しかし祥太が警察に連れていかれたことにより万引き家族の実体がどんどん明かされていく。虚構家族の崩壊である。

祥太が捕まった時、治と信代らはあわてて逃げようとした。

「みんな……ぼくを置いて逃げようとしたの？」と祥太。

「ああ……した。その前に捕まっちゃったけどな。……ごめんな……」と治。

「わざと捕まったんだ。……おじさんのせいじゃないよ」と祥太。

祥太は治の知らぬ間に成長していた。祥太の優しさに打たれた治は、祥太の乗ったバスを泣いて追いかける。祥太はついに振り向いてくれなかった。

「……父ちゃん……」

祥太は口の中でそう呼んでいた。

血がつながっていようといまいと「絆」は虚構の上に成り立っているものかもしれない。しかしそれを失った時の喪失感。その喪失感にこそ「絆」の実体があると気付いた時の悲しみ。その悲しみに打たれ、しばらく席を立てない。

五木ひろし七十歳、生きてるっていいね！『VIVA・LA・VIDA！』

フリーダ・カーロ（一九〇七—五四、メキシコ）が晩年に描いた絵に『Viva La Vida』（人生万歳）というのがある。大きな西瓜《すいか》が五、六個どんと置かれていて、そのうちのいくつかは半分ないしは四つに切られ真っ赤な切断面を堂々とさらしている。西瓜の表皮の緑色と果肉の部分の赤色だけという単純な色彩の絵だが、単純さゆえに一層の説得力を放っている。しかも四つに切られた西瓜の赤い果肉の表面に「Viva La Vida」という言葉と作者の名前、そして制作した場所と年（一九五四年）がナイフで彫られたように書かれている。フリーダ・カーロは、若い頃に交通事故に遭い、脊髄《せきずい》を複雑骨折し、九死に一生を得たのはいいが、その後は歩いても寝ていても絶え間ない激痛に襲われるという悲惨な生活を強いられる。しかし芸術への情熱に燃えるフリーダは、そういうわが身を題材として、世にも痛ましい絵を描きつづけた。それは、世界中の誰もがかつて見たことのない絵であったことは確かであるが、正視に堪えないほど、見る者にまで苦痛を与える絵でもあった。

そんなフリーダが、ある日、突然、『Viva La Vida』を描いたのである。フリーダがそうなるまでには、ある時は恋人として、ある時は夫としてフリーダを支えつづけたディエゴ・リベラ（一八八六―一九五七、メキシコの画家）の存在があったことは確かだが、なによりも奇跡的なのはフリーダが自分の人生に対してそういう結論を下したという事実である。私はこの歓喜に満ちた絵を見た瞬間、ああフリーダ・カーロもやはり、過剰なエネルギーを放出しないではいられない人だったのかと感慨を深めたものだった。過剰なエネルギーを放出した者だけが、実は、「Viva La Vida!」と叫ぶ資格があり、その歓喜を実感できるのだと私は確信するものだ。過剰なエネルギーとは生きることに必要なエネルギー以上のエネルギーという意味だ。それは私が考えついた言葉だが、長年、芸術芸能の世界に生きた経験の中で、私が芸術芸能の不思議な力について考えた一つの結論と言ってもいいかもしれない。

二〇一二年九月十八日、私は食道がんの陽子線治療も終わり、CR（完全奏効）を宣言された。春には余命半年から八カ月と言われていた私がなんと治ったのである。死神《しにがみ》を両肩に背負いながら、死を覚悟しつつ、しかし、なにをすこともなく、ただ心細く、か細い命を生きていた私が、七十四歳という高齢ではあるが、今またふたたびこの世に誕生したのである。自由、復活、再生、生還……言葉なんかどうでもいい。私は今こそ、国立がん研究センター東病院玄関前の地面にひざまずき接吻《せっぷん》したかった。そうはできなかったが、その時、私の頭に鮮明に浮かんだのが、フリーダ・カーロの西瓜の絵であった。私は心の中で叫んでいた。

「Viva La Vida! なんて素晴らしいんだ。私は生きている！」。退院後すぐに書いた本『生きる力』（講談社）の表紙を迷うことなく、フリーダ・カーロの西瓜の絵にしたことは言うまでもない。

「陽子線治療も終わり」と簡単に書いてはいるが、心臓に病をかかえる私がかたくなに手術を拒否して、この治療法に遭遇するまでにはとてつもない努力を要した。病院と医師を四回にわたって変更し、その度にイヤな顔をされ、それにもめげず三日三晩、妻と二人、目を真っ赤にしながらアイパッドを操作した結果ついにたどり着いたのである。それはまさに過剰なエネルギーの放出であった。しかし考えてみれば、私の人生は最初から過剰なエネルギーの放出を求められていた。ソ連軍の満洲侵攻で始まった私の人生は、過剰なエネルギーを持った者しか生き延びられないものだった。そしていつしか過剰エネルギーの放出という習性は私の人生の第二の慣性となった。作詩家として人に倍する数のヒット曲を書けたのも、オペラや舞台の仕事にかかわったり作家に転向できたのも、すべて過剰エネルギーの慣性に身をゆだねた結果であった。

私はなにか自慢げに自分の過剰エネルギーについて語ったが、私のエネルギーなんて極めて小さいものだ。見渡せば、過剰エネルギーの膨大な放出をやってみせてくれた芸術芸能家は山ほどいる。バッハ、モーツァルト、ベートーヴェン、ワグナー、ショスタコーヴィッチ、モリエール、バルザック、ヴィクトル・ユーゴー、ゾラ、モーパッサン、ドストエフスキー、トルストイ、ゲーテ、トーマス・マン、シェークスピア、ミケランジェロ、ダ・ヴィンチ、ゴッホ、ゴーギャン、ピカソ、カラヤン、ハイフェッツ、サラ・ベルナール、マリア・カラス、エディット・ピアフ、クインシー・ジョーンズ、フェリーニ、世阿弥、近松門左衛門、七代目市川團十郎、北斎、鈴木大拙、黒澤明、三船敏郎、美空ひばり……エベレストやアルプス山脈のごとくいる。人々はこれらの過剰なエネルギーの放出に喝采を送り感動するのである。いかに珠玉の美しさであろうと、低い山では物足りない。夭折《ようせつ》した天才には申し訳ないが、それが芸術芸能の不思議な力の原則なのだ。

五木ひろしさんから私に歌を書いてくれとの依頼があった。七十歳を期して心新たな出発をしたいという趣旨だ。私は快諾し、書いた歌は『VIVA・LA・VIDA！～生きてるっていいね！』。二〇一二年の九月以来、私の頭にくすぶっていたものを形にして世に送り出した。私の願ったような曲（杉本眞人）が上がり編曲もでき、レコーディングも完璧で、二〇一八年八月二十八日発売になった。

八月二十七日、東京国際フォーラムホールA（客席数五千）でのコンサートを見た。五木ひろしは三時間、三十二曲を全力で歌った。声はいささかも嗄れない。むろん最後に『VIVA・LA・VIDA！』を歌ったが、そのあと八百人のファンとの握手会だ。なんという過剰なエネルギーの放出者だろう。私は志を一《いっ》にする友を得たような喜びを感じた。

第3章

古典の斬新

志ん朝天下一品『文七元結』

もとをたどれば他の芸能と同じく、中国大陸や朝鮮半島との人的交流によって相互に影響しあい、未完成のままでの栄枯盛衰や試行錯誤があったことは想像に難くないが、落語が落語と名乗ったのは天明七（一七八七）年に出版された笑話本『徳治伝』が初めてらしい。寄席のようなところで入場料を取って専門に落語を聞かせたのは、寛政十（一七九八）年からだという（『藝能辞典』）。明治時代に入って登場した三遊亭圓朝は作者としても演者としても群を抜いていて、ここに落語は全盛を極め、また現在のような形に完成された。長いようでもあるがついこのあいだのような気がしないでもない。

しかし、世界広しといえども、着物姿の演者が背景もなにもない舞台の上で、座布団に座ったままの姿勢で、手拭いと扇子、たったそれだけを様々な小道具のごとくに扱って話を進めていく落語という芸は日本が生み出した芸能の中でも白眉と言うべきであろう。簡素にして華麗、孤独にして孤高、融通無礙と虚実皮膜の世界を縦横に往来してみせる、まことに神妙というか玄妙というか、なにか生ける仙人を目の当たりにしているような思いにさせられる。つまり魔法だ。ゆえに名人と呼ばれるほどの落語家は妖力《ようりき》の強い魔法使いであり、演目が終わった瞬間、私たちは白昼夢を見せられていたことにようやくにして気付くのだ。

私の落語コレクションは実に平凡で、古今亭志ん生の全集を含むそのほとんど。三遊亭圓生の全集を含むそのほとんど。立川談志の全集を含むそのほとんどとDVD全集。古今亭志ん朝の全集を含むそのほとんどとDVD全集。桂文楽はそのほとんど。あと金馬、三木助、小さん、柳橋、小三治……等々アトランダム。上方では、桂米朝全集、桂枝雀のそのほとんどとDVDあらかた。

志ん生には相当年数はまっていた。かたわら比較対象として聴いていたのが圓生で、上手いとも思い渋いとも思うが、なぜか愛せない。あの音をたてて茶をすする瞬間、人品が丸見えになって、この人には信用がおけないって気分になってしまう。全作品を聴いた頃にはもはや飽きていた。文楽にも一時凝《こ》った。しかしなんだろう。上手いんだけれど、感動がこない。一生懸命が伝わってきすぎて、こちらが息苦しくなるのだ。

で、私なりの結論が出たのは二十世紀の後半だったが、東宝名人会（芸術座）で『愛宕山』を聴いた時見た時だ。志ん朝を生で見たのはその時が最初だが、いやあなんて上手いんだろう。この軽《かろ》み、このスピード感、この言葉の切れ味と完璧な仕草、全体に音楽があって、台詞のメリハリがメロディとなり、和音になり、リズムとなり、それがぐいぐい迫《せ》り上がりつつエンディングに向かって驀進《ばくしん》していく。第一、幇間芸《ほうかん》が最高に上手い。落語家は芸人としては本職の幇間の上を行って当然なのに、その幇間すら上手くやれない落語家が大勢いるんだからね、驚くよ。ま、それはおいといて。志ん朝はね、歌が上手い。つまり他の遊芸にも通じているってことだ。
愛宕山を登りながら幇間の一八《いっぱち》が言う。
「こんなものはね、歌でも歌いながら登りゃいいんだ。
チャラカチャンタラ
チャラカチャン
こんな山なんぞさ
驚くことはない
二つ重ねておいて
ひとまたぎ
サイサイサイ　オラ
チャラカチャンタラ
チャラカチャン
（段々息が切れてきて、歌と合わなくなる）
合わないね。
合わない時は歌を変えるよ。
チャンチャンチャラチャチャチャンチャン　チャン
（とテンポを落として）

お前待ち待ち　蚊帳の外
蚊に食われ
七つの鐘の鳴るまでは
七つの鐘の鳴るまでは
こちゃへ　こちゃへ……」

息も絶え絶えに歌う幇間一八の芸と一体となった志ん朝の芸の巧みさには舌を巻くだけでは足りないな。

そうそう『二番煎じ』の中で、火の用心の声の出し比べをするのだが、昔、吉原で金棒引きをやったことのある若者の声の出しっぷりときたら、もうたまらないね。江戸落語の真骨頂だよ。

金棒をチャリンと鳴らして、
「火の用心、さっさりやしょう……」

北風にも負けない、いい喉を聞かせる。こういうところの志ん朝には大向こうから声をかけたくなる。よっ！　日本一！

「よおーいしょ！」（ケツを捲《まく》る掛け声）

「なんだい頭領、大きな声だね」

「なに抜かすんでぇ、べらぼうめ。大きな声はこちとら地声だ、いくらだって迫り上がるんだよ。てめえのほうで渡さねえってから、こっちはいらねえってんじゃないか。分かったかいこの丸太ん棒！」

「なんだい人をつかまえて丸太ん棒とは」

「丸太ん棒じゃねえか。てめえなんかはな、目も鼻もない血も涙もないのっぺらぼうな野郎だから丸太ん棒っていうんだよ。分かったかいこの金隠し！」


これは『大工調べ』で頭領が切る啖呵《たんか》だが、志ん朝の啖呵の右に出る者は一人もいなかろう。江戸落語の本来は江戸っ子気質であることを古今亭志ん朝はある日、丸ごと分かってしまったようだ。江戸っ子気質とは江戸っ子の美学であり人生哲学だ。いつでも啖呵の切れる心の準備、それが江戸っ子の気《き》っ風《ぷ》と清々《すがすが》しさとなる。

今や落ちぶれて、啖呵など切れる立場ではないんだけれど、江戸っ子はやめられない。つい身投げを助けてしまう。金まで投げ与える。啖呵の心意気だ。その心意気が思いもかけぬ幸福な物語を生む。それが『文七元結《ぶんしちもっとい》』だ。落語の長い歴史の末端で、ついに「神の子」が現れた。それが古今亭志ん朝である。志ん朝の『文七元結』、まさに天下一品の上々吉《じょうじょうきつ》だ。

桂枝雀絶品『地獄八景亡者戯』

私は落語ファンのつもりでいたが、よく考えてみると偏頗《へんぱ》なファンだ。なぜかというと、上方落語にはとんと不案内だからである。

最初は言葉の問題かなと思ったが、それは違った。漫才となると、上方漫才のほうがやたらと面白い。横山やすし・西川きよしコンビにはもう、感動をもって笑いころげていた。あれは凄かった。あの狂喜と凶暴と背中合わせになった芸というものは、よっぽど息の合ったコンビでないと作り出せるものではないだろう。やっている本人たちの命を懸けた勝負師魂というか芸人魂がひしひしと伝わってくる。それに似た感動をもって嘆賞すべき落語家にある日ついに出会ったから嬉しい。それは二代目桂枝雀《かつらしじゃく》である。これは私の人生にとって一つの事件ともいえるものだった。

やすきよ漫才が全盛を極めていた頃、一九七三（昭和四十八）年に二代目桂枝雀を襲名したばかりという若い落語家が上方落語の世界で突如として頭角をあらわし、一九八三年に芸術選奨新人賞を受賞したと思ったら、あれよあれよと言う間もなく、一九八四年の三月二十八日には東京・歌舞伎座を借り切って「第一回桂枝雀独演会」を開催し、最後の出し物には『地獄八景亡者戯《じごくばっけいもうじゃのたわむれ》』をやり、大成功で、拍手は鳴りやまず、客席は誰も帰ろうとしなかったという凄いことをしてのけた。この桂枝雀の東京征服の噂を聞き、遅ればせながら私もテープを聴き、サンケイホールの独演会などに足を運んだが、上方落語の実演を見るのは初めてだったから、よくは分からなかったが、ただただびっくりたまげたことだけははっきりと覚えている。しかし私を驚かせた枝雀の天衣無縫の芸はもとより上方落語にあったものではなく、枝雀自身が試行錯誤の末についにたどり着いた境地であったことを知るにおよんでふたたび驚き仰天したのだった。

それはもう落語という概念を根本的にくつがえすものだった。落語という芸は、舞台の上で着物をきた演者が一人座布団の上に座っていて、たった一本の扇子ときれいに畳んだ手拭いを様々な物に見立てて、それをもって小道具としながら話を進めていくというのが約束であり、その約束の中で色々と苦心するからこそ芸が一段と磨かれていくというのが落語に流れる伝統だと言って間違いはないであろう。またその伝統を守ることによって、落語にほかの芸にはない孤高の品格をもたらしてもいたのである。そういう訳だから、演者が座布団から立ち上がることは禁じられていて、せいぜい腰を浮かす程度までが許されていると『藝能辞典』にある。

がどうだ、枝雀はそんな伝統も作法もまったく関係ない。芸に熱が入りすぎて、決してわざとではなく、ごくごく自然な勢いの中で座布団の上に立ち上がるわ、座布団からずり落ちるわ、着物の裾《すそ》は乱れるわ、もうハチャメチャである。

『親子酒』という演目がある。よくある酒にまつわる話であるが、話そのものはたわいない。酒は百薬の長と言われるが、酒が薬であっては面白くない。やはり翌日は痛烈な二日酔いになるほど飲まなくては酒の醍醐味《だいごみ》は分からない。なぜなら、二日酔いがくるほど酔ってこそはじめて、酒飲みは凡庸を脱し、非日常を生き、己の無限の可能性を楽しむことができる。というような話題が枕で、酒好きな親子の酔いっぷりを演じてみせるのだが、この酒飲みの生態の描写が見事なのである。体の動かしかた揺すりかた。目の据わりかた。舌のもつれ具合からからみかた。バカ笑いの発しかた。枚挙のいとまのないほどの百面相の数々。もう芸というものを超えた芸、リアリズムを超えたリアリズム、シュールと呼んでもいい。客席はそこに真新しい演技、人間の真実を見て感動し、大声で笑う。枝雀はますます佳境に入り、スビバセンネエという言葉を連発しながら、まずは酔っ払った親父のほうが座布団からずり落ち、前屈《まえかが》みになったまままそのまま舞台の床にゴツンと頭をぶつけるのである。こんな芸はかつてはありえなかった。息子はうどん屋を相手に正体もなく酔いつぶれ、家に帰ってくるや、寝ている親父につまずいて転ぶ。この時は、座布団から床にどすんと落ちても見せるのだからたまげる。それでもまだ終わらず、息子は親父の鼻をつまもうとして懸命にそれを繰り返す。もう客席は爆笑の渦であるが、その笑いにはなにか物凄く新鮮なものがあり、こういう笑いを私たちは待っていたのだという満願成就の、満足感のあることを見逃してはならないと思う。枝雀の芸には、旧態依然たる教条主義と伝統主義に裏打ちされた芸の修業だけでは到底到達できない革命的な秘術がかくされているに違いない。

実は枝雀はうつ病をかかえていて、それには相当悩まされていたという。時には自殺してしまいたくなる。そこで枝雀は言う。人を笑わせて自分も笑って、笑って笑わせているうちに笑顔が自分の顔にへばりついて、うつ病が消えてなくなるのではないか。まるで冗談のような話だが、実はこの言葉の中に桂枝雀の魔法のタネが仕掛けられているのではないかと私は思い、少ししんみりしてしまう。

『地獄八景亡者戯』は桂米朝伝授による大ネタであるが、話の輪郭は残っているものの、私たちが目にするのはすでに原形をとどめていない。桂枝雀創案による笑いの大博覧会なのだ。地獄見物にやってきた死人である旅人たちが巻き起こす笑いの数々。くすぐり、即興的ギャグ、アドリブ、時事ネタ、なんでもありの笑いの大疾走劇であり無制限マラソンでもある。奇想天外、八方破れ、一心不乱、失神寸前、孤軍奮闘、命ぎりぎり……桂枝雀は笑いの攪拌器《かくはん》となって客席を沸かせる。一九九九年三月十三日、自宅で首吊り自殺をはかり、そのまま帰らぬ人となった。

枝雀の鬼気迫る笑いは人間技ではない。

志ん朝に言った言葉をここに繰り返す。桂枝雀もまた、長い上方落語の末端に登場した神の子であった。絶品、上々吉。

水谷八重子『朗読新派・大つごもり』

劇団新派の自主公演『朗読新派・大つごもり』（樋口一葉原作、久保田万太郎脚色、島田雅彦現代語訳、水谷八重子制作、麻布区民センター、二〇一七年十一月六日）が早くも十五年目を迎え、芸術祭に参加するともいう。これは観ずばなるまいと行ってきた。

劇場と舞台は小振りであるが、舞台の上にはしっかりした大道具がしつらえてある。さてどうなるのかと思いつつ、始まりを待つ。

場内溶暗して、下手から舞台中央に静々と登場したのは地味な着物姿の明治の詠み手、水谷八重子である。手には台本を持っている。そしておもむろに小説『大つごもり』の地の文を朗読する。

「井戸は車にて綱の長さ十二尋《ひろ》、勝手は北向きにて師走の空のから風ひゅうひゅうと吹きぬきの寒さ、おお堪えがたと竈《かまど》の前に火なぶりの一分は一時にのびて、割木《わりき》ほどの事も大臺《おおだい》にして叱りとばさるる婢女《はした》の身つらや……」。

もうしばらく続くのだが割愛するとして、明治の詠み手は突然朗読を止めて、

「みなさん、お分かりになります？」

と客席に声をかける。客は笑う。なにがなにやらさっぱり分からないのが正直なところだからだ。

「明治の文体は私たちにはむずかしゅうございますね。そこでこの明治の言葉を現代語になおしつつ先へ進みたいと思います」

そこで下手舞台に今風カジュアルな服を着た現代の詠み手（伊庭朋子）が登場し、明治の詠み手の地の文を無理のない感じで追いかけつつ現代語訳の台本を読み進めていく。明治言葉と現代語との行ったり来たりというのは知的な好奇心がくすぐられてなかなかに面白い。こういう方法もあったかなどと感心してる間に、客席はごくごく自然に物語の中に引き込まれていくといった趣向だ。

大つごもりとは現代で言えば大晦日《おおみそか》のことであり、現代ではあまり見られなくなったが、江戸の昔から明治の頃までは、借金取りは年末の風物詩であった。というのもその頃まではまだ掛け売りという商売上のしきたりが残っていて、ツケの払いは月に一回か三月に一回、盆と暮れの二回とか年に一回というのもあった。しかしツケであろうと借りた金であろうと大晦日にはなんとしても払いを済まさねばならぬのが、いわば社会生活のルールでもあった。その大晦日のしきたりが十八のお峰（春本由香）の肩にずしりとのしかかっている。

父を喪《うしな》ったお峰は七歳の時、母とともに小石川の初音町で八百屋を営む伯父と伯母に引き取られたが、母はまもなく亡くなった。しかし今、伯父は病に倒れて商いもできず、伯母の手内職で細々と暮らしている。病気になった時、高利貸しから借りた十円のせめて金利の一円五十銭でも支払わないと、長屋を追い出されかねないと言う。

「ご新造さんにかけあって、なんとか二円だけでも前借りしてもらえんだろうか」

伯父伯母がお峰に頭を下げて頼み込む。恩義ある伯父伯母の窮状を少しでも救いたい気持でお峰はついそれを請け合って帰ってくる。しかしそんなことを口にできないことは重々分かってはいたのだった。

お峰が奉公している山村家は白金にお屋敷を構えるほどのお大尽《だいじん》である。貸長屋を百軒も持ち、その上高利貸しでも儲《もう》けている。金持の例に漏れず吝嗇《りんしょく》でもある。主人の山村（立松昭二）は温和な人柄だが、ご新造のあや（伊藤みどり）の怖さといったらない。鼻っ柱は強いし口喧《くちやかま》しいし人遣いは荒いし、長続きのした奉公人のいた試しがない。そんなご新造さんに、どうして二円の前借りなどが頼めよう。お峰は思案に暮れ、井戸端に立ってぼんやりと井戸をのぞいている。

「おい、どうしたい。お峰、顔色が悪いぜ」

と出入りの車夫頭宇太郎（田口守）に声をかけられてはっとするお峰であった。

この家には先妻が残した石之助（桂佑輔）という総領息子がいるのだが、後妻に入ったご新造とは反《そり》が合わない。父の山村も持て余し、近々手切れ金を渡して別居させようと思っている。親の企《たくら》みを小耳にはさんだ石之助はいっそう不貞腐《ふてくさ》れ、毎晩放蕩《ほうとう》ざんまいである。

その石之助が家に帰ってきた。

「暮れの小遣いを貰いにきた」

と酒臭い息を吐き、居間の炬燵《こたつ》で昼寝を決め込む。この家ではまるで疫病神扱いである。

細かい事情は略すが、とにかくご新造は出かけている。二人のお嬢様は庭で羽子板遊び。石之助は茶の間で高いびきだ。

「拝みまする神さま仏さま、私は悪人になりまする。なりとうはなけれどならねばなりませぬ。罰をお当てなさらば私一人。伯父伯母は知らぬこと。もったいなけれどこの金盗ませて下されとお峰はかねて見置きし硯《すずり》の引き出しより、束のうち唯《ただ》二枚、つかみし後は夢とも現《うつつ》とも知らず……」

お峰はその二円を伯母のしん（村岡ミヨ）に渡す。

「この始終を、見し人なしと思えるは愚かや」

石之助は父から五十円の札束を貰って帰っていった。しかし夜になって、ご新造が硯の引き出しを開けてみると、あるはずの二十円という金がなくなっている。

かわりに一通の置き手紙。

「引き出しの分も拝借いたし候。石之助」

われ知らずお峰の罪は石之助の罪になったのか。いやいや、すべてを見通した上で、石之助は罪をかぶってくれたのかもしれない。

「さらば、石之助はお峰の守り本尊なるべし」

お峰は石之助の見えない影に手を合わせる。

この朗読新派には新派のＤＮＡが見事に息づいていた。役者たちが生き生きとやりとりする江戸言葉の心地よさ。磨かれた芸が紡ぎだす人情の機微。

「後《のち》のことしりたや」

お峰と石之助がその後どうなったか、我々にも知りたい思いがあるのだが、一葉が唐突ともいえる最後の一行に託した夢のようなもの。

この一言の美しさ。一葉はやはり天才であった。

市川團十郎と市川海老蔵

市川團十郎、宇宙の王となる

二〇一八年二月二十二日、NHK・BSプレミアムで『オペラ座の弁慶―團十郎・海老蔵パリに傾《かぶ》く』（二〇〇七年四月二十八日に初回放送されていたものの再放送）を観た。

オペラ座で弁慶を演ずる團十郎丈を観ているうちに、彼と過ごした濃密で充実した世にも幸福な日々を思い出し、胸が熱くなり、たまらない気持ちになった。で、成田屋親子についての語りたい。

私と團十郎丈がいったいどうして仲のよい関係になったか、その説明をしたいのだ。

私は一九八九年から始まった東京電力の「TEPCO一万人コンサート」（消費者へのサービス還元事業であり、上質な舞台芸術を創造し、そこに東電が関東各地に養成しているアマチュア合唱団を参加させる。入場は無料である。場所は国技館または武道館）に第一回目からお声がかかりを受け、オラトリオ『ヤマトタケル』（私の作・台本・演出、三枝成彰作曲）という大掛かりな総合音楽舞台作品を作り、年に一回の上演のたびに趣向を凝らし、改良し、七〜八年、好評のうちにつづけていたが、十年をもって一区切りにして、演目を変えたいと私は思いはじめていた。

世界劇という言葉はドイツの作曲家カルル・オルフ（一八九五―一九八二）が『カルミナ・ブラーナ』という世俗賛歌を作曲し初演した一九三七年に唱えたもので、言葉と音楽と舞踊（身体の動き）という人間の持っている基本的要素が合一された時、そこに世界が投影されるという考え方だった。私はこれに共鳴し、それを日本の伝統芸能である歌舞伎とクラシック音楽、暗黒舞踏などを渾然《こんぜん》一体化した舞台を創造してみたら、いまだかつて世界に類例のない文字通りの世界劇が創造できるのではないかと思い、なにか憑《つ》かれたような精神状態になっていた。

どうすればいい。しかし、運という名の優しい導き手はいるものだ。

国立劇場で歌舞伎を観てロビーに出ると、松竹の永山武臣会長もちょうど出てきたところだった。私は厚かましくも、多少の顔見知りではあったが、つかつかとそばにより、挨拶もそこそこに「世界劇」の構想を語り、市川團十郎丈と新之助（現・海老蔵）の出演をお願いしたのだ。すると、案に反して、永山会長は「面白そうじゃないの。成田屋さんがOKなら、松竹は全面協力しますよ」との返事をいただいた。

そこで私は、一九九八年五月、團十郎丈を歌舞伎座の楽屋に訪ねた。むろん、初対面であったが、團十郎丈は私の話を熱心に聞いてくれた。私は興奮を隠すすべもなく、この機会を逃してはならじと、構想の壮大さを語り、「かぐや姫伝説」からインスパイアされた竜と人間との異種恋愛物語を面白くスリル満点に、そしてこの世界劇には歌舞伎の力がどうしても必要であることを熱く語った。話の途中でかぐや姫には中村勘太郎（現・勘九郎）、その恋の相手役大伴《おおとも》の大納言には市川新之助と配役が決まった。團十郎丈の役は竜の都のある月の大王、実は日本の帝である。

話はすっかり決まったと思い、私がほっと肩の荷を下ろす気分になった時、團十郎丈が言った。

「ところで、主役は誰ですか？」

「えっ、それは團十郎さんに決まってるじゃないですか。座長なんですから」

「いやあ、タイトルがかぐや姫ですから主役はかぐや姫でしょう」

私は言葉につまり、全身冷や汗でびっしょりになった。そこまでは考えていなかったのである。しかし、こんな風に追い込まれた時、人間の頭というものは超絶思考をするものだ。私は一瞬眩暈《めまい》に似たものを覚えた。

「いやあ、主役は團十郎さんですよ。かぐや姫伝説はあくまでも話の筋であって、全体を支配するのは月の大王、実は日本の帝です。ですからタイトルは『眠り王』とします」

私は眩暈の中で自動人形のように口をぱくぱく動かしていた。團十郎丈がほほ笑んだ。そして、畳に両手をついて、

「では、やらせていただきます。また、いかような協力でもいたしますのでご遠慮なくおっしゃってください」

実に快い声と言葉であった。

私の全身から汗がひいた。私も両手をつき、

「よろしくお願いします。大変なことになると思いますが、なにとぞご協力お願いいたします」

まさに危機一髪であった。團十郎丈はさすがに役者であり、役者魂というものを遠慮もなく見せつけてくれた。私は私で一世一代の超絶思考で『眠り王』という光を放つようなタイトルに行き当たった。もし、あの時、それができていなかったら、その後の團十郎丈との幸福な時間は私に訪れなかったことになる。あの時、私と團十郎丈は才能と才能をぶつけあい、そして私は及第したのだ。

八月に私は『眠り王』の台本を書き上げた。作曲の小六禮次郎《ころくれいじろう》は長大な曲とオーケストレーションを年内に仕上げなければならない。

曲が上がって、さて稽古となったが、これが大変な難事であった。歌舞伎、オペラ歌手たち、オーケストラ、暗黒舞踏、群舞、阿波踊りの民たち、大江戸助六太鼓三十張り、これらが全部別々に稽古をするのである。その上、四千人のコーラスは各地個別に練習している。それらが舞台上で一つになった時の図を具体的にイメージしているのは私だけである。

團十郎丈は私の演出プランを理解し、惜しみない協力をしてくれた。毎日のように相談し、演出の細部について検討し、夜明けまで電話で話し合ったこともあった。

一九九九年四月二十九日、国技館で、日本いや世界初の壮大な世界劇が幕を開けた。

様々なジャンルから集まったアーティストたちが作り上げていくこの芸能のピラミッドの頂点にあって、歌舞伎は実に微動だにしなかったのである。市川團十郎は、宇宙の王としてまた日本の帝として燦然《さんぜん》と輝き、君臨した。

歌舞伎の世界の宿命

一九九九（平成十一）年四月二十九日、世界劇『眠り王』初演の時、大伴の大納言を演じた市川新之助は二十一歳であり、かぐや姫を演じた中村勘太郎はまだあどけなさの残る十七歳であった。この二人の役者の演技の素晴らしさは呆然《ぼうぜん》とするほどであった。かなり入念な稽古も積んだつもりであったが、本番になってこれほどの力を発揮するとは、まさに伝統の力と家の芸の秘術と言うほかない。四、五歳で初舞台を踏み、その頃から満員の客席の拍手喝采を受けたということがまず最大の体験であろう。万雷の拍手を受けることの快感、ここに芸能の原初的な喜びがある。この快感の因子が彼らのDNAにしっかりと刻み込まれ、幼児の頃から芝居のなんたるかを体が覚えてしまう。連日のように歌舞伎に接し、その上に歌と踊りの稽古に明け暮れる。父の薫陶《くんとう》はもとよりまわりの先輩たちの指導を受け、自《おの》ずと芸というものの本質に近づいていく。それが歌舞伎の世界に生まれた男の子の宿命である。

一子相伝という言葉が残っているのは日本の伝統芸能の世界だけかもしれない。これはまことに貴重なことである。もし真に芸能の価値とその神秘の力を後世に遺《のこ》したいと思うのであれば、一子相伝に勝るものはほかにないと私は断言できる。

ゲネプロ（舞台上の総稽古）の時、第七場「冒険」の冒頭の場面。二年間、竜を探しつづけても竜は現れない。疲れきった部下や船頭たちは「やってられないぜ」と不貞腐れた歌を歌って投げやりな気分になる。その時、大伴の大納言は上舞台のセリに乗って登場する。見ると、大納言は大童とまではいかないが、ざんばら髪で衣裳までよれよれだ。

私は芝居を止めた。遠い舞台に向かって、「大納言、どうしてそんな哀れな姿で登場するわけ?」とマイクで説く。

「大納言も人間ですから、やはり疲れると思いまして」と新之助が答える。

「それは違うよ。普通の人間は疲れるさ。しかし、大納言はいわば、ベン・ハーだよ。ガレー船の中でまわりの人間はみなくたびれ果てていくけど、ベン・ハーだけは日に日に逞《たくま》しくなっていくんだ。どんな苦難であってもものともしない。そういう人間にこそ奇跡が起きるんだよ。それが英雄というものだよ。今のその哀れな姿では、もし竜が現れたら腰を抜かすだけだろうさ」

すると、新之助は胸をつかれたように、即座に答えた。

「分かりました。鬘《かつら》を変えます」

新之助はセリで隠れ、しばらく経ってふたたび登場した時は、ほつれ髪が二、三本、しかも眼光するどい大納言になっていた。

「そうだよ。それでいいんだ。進めよう」

こんなふうに、新之助は私の演出に実に素直に従ってくれた。天下の成田屋にたいして、マイクで演出指示を出したのは私が最初で最後であろう。なにしろ会場が広いから仕方ないのだが、松竹の歌舞伎関係のスタッフはおろおろするばかり。

この後の、竜（＝かぐや姫、中村勘太郎）と大納言の決闘の場面の素晴らしさと言ったらない。オーケストラ、太鼓、群舞、合唱、ソリストたち、一糸乱れぬ大ハーモニーの中で、この若き歌舞伎役者はそれはそれは見事な舞と演技と立ち回りを見せた。私は感動のあまり涙ぐんでいた。

一年経った春、第二回の公演を迎えた。

そこで思いもかけぬ重大事故が発生した。

本番前日の総稽古を終えた後、私は松竹の歌舞伎スタッフから「ちょっとお話があります」と国技館の薄暗いロビーに呼び出された。行ってみると、そこには松竹スタッフに囲まれて新之助が神妙な顔をして立っていた。

「なにかあったんですか？」

「ええ、実は新之助さんの声が出ないんです」

「明日までに治る自信はないの？」

と質問すると、新之助は無言のまま顔を横に振り、申し訳ないというふうに頭を下げた。今日の稽古でも会場が広いので、つい声を張り上げてしまう。それである瞬間から、ぴたりと声が出なくなったというのだ。

「どうしたら良いでしょう？」

松竹側は困惑の体だ。

「急に代役を立てるわけにもいきませんし」

「わかった。十分間だけ時間をください」

そう言いのこし、私は演出席に戻り、演出部と音響スタッフだけを集め、事情を話した。みなのけぞるほどに驚いた。

「初演の録音はきちんと保存してあるよね」

「あります」と音響のチーフが言う。

「そこから、新之助の声だけ抜いて一本のテープを作れないかな？」

「作れます」

「じゃ、その作業を今からやってくれ」

私はロビーに戻った。

新之助と松竹側に向かって私は言った。

「これはごくごく内密にしなくてはならないことだけれど、新之助が完璧にやってくれたら成功する」

「どうするんですか？」

「明日の本番は通常通りやる。ただし、新之助は口パクだ。声は音響係が芝居進行のタイミングに合わせて出す。新之助もそのタイミングにぴったり合わせて所作をし口を動かさなければならない。また台詞の間違いは絶対に許されない。ほんの少しの時差であっても、そんなことがあったらいっぺんにバレてしまう。そしたら芝居はおじゃんだ。できるかな？　それしか事態を乗り切る方法はない。しかも、音響と演出スタッフ以外、そしてあなた方以外の誰にも言ってはならない」

するると、新之助はやっと目を輝かせ、深くうなずいた。

「そんなことできるんですか？」と松竹スタッフ。

「やるのさ。完璧に。新之助ならできるよ」

色は空　空は色との　時なき世へ

われらの音響スタッフは新之助の声の部分をすべて抜き出して、初演の時と同じタイミングでその声を出すことを徹夜で研究し練習した。たぶん新之助も絶対に台詞を間違えないよう家で勉強したことだろう。

万が一にそなえて、指揮者の横にペンライトを持った演出助手を座らせて新之助にキューを出す準備もしておいた。

いよいよ本番。指揮棒が下りた。私は心臓が張り裂けそうなくらいに緊張していた。

ところが、芝居が始まってみると、なんの違和感もなく、絶妙のタイミングで新之助の口から台詞が流れ出てくる。顔の表情も初演の時とまったく同じだ。

大伴の大納言は普通の会話から、天に向かって叫ぶ場面もあり、かぐや姫を失って嗚咽《おえつ》する場面まで、様々な状況で様々な表情を、初演時の興奮と緊張とともに見せなければならない。それは台詞を声に出してこそ表れる表情であるはずなのに、新之助は声を出さず、口を動かすだけで、それらの表情を演じきった。しかも、タイミングは寸分の狂いもなく、台詞は一字も間違えずに完璧にだ。

そしてついに、二時間半の芝居は終わった。

客席の誰一人として気づいたものはいなかった。むろん主催者側もだ。舞台で相対していたかぐや姫の勘太郎でさえ気づかなかったくらいなのだから。これはほとんど奇跡といってよいほどの出来事だった。

私は肩の荷を下ろした気分で、新之助によくやったと労《ねぎら》いの言葉をのべた。が、新之助はかすれた声で小さく、ありがとうございます、と言っただけで、あとは何事もなかったような表情をしている。得体の知れないやつだと私は思った。團十郎丈が新之助の分まで詫《わ》びながら、私の手を取って感謝の言葉を何度も口にしていたのとは対照的だった。

ミレニアムを迎えるに当たって世界劇をやってくれと石原都知事から依頼があり、二〇〇〇年十二月三十一日、世界劇『源氏物語』（台本・作詞・演出＝小生、音楽監督＝池辺晋一郎、作曲＝甲斐正人、東京国際フォーラム・ホールA、昼夜二回公演、東京2000年祭実行委員会）を上演した。

桐壺帝・竜王・明石入道＝市川團十郎、光源氏＝市川新之助、ほか市川左團次、中村獅童などの歌舞伎役者たち。藤壺の宮＝佐久間良子、紫の上＝宮沢りえ、六条御息所＝松坂慶子、ほか池上季実子、白石加代子、草笛光子、萬田久子、吉行和子、多岐川裕美、南果歩、片桐はいりなどの女優陣。オペラ歌手たちは錦織健、中丸三千繪、澤畑恵美、福島明也、宇佐美瑠璃などの一流どころ。そして大駱駝艦の舞踏……指揮＝堤俊作、演奏＝ロイヤルメトロポリタン管弦楽団、合唱＝二期会合唱団・晋友会合唱団、和太鼓＝大江戸助六太鼓、雅楽に中川善雄の能管・篠笛……。劇の主題は、光源氏と藤壺の宮との宿命的な恋愛物語であるが、悩みの闇をさまよう源氏の魂が、女性遍歴、罪深い恋、天の怒り、愛する女たちの死などを経、ついに光みちて救われるまでを絢爛豪華な王朝絵巻として描ききるというものであったが、新之助はまだ二十三歳、にもかかわらず、次々と現れる妍《けん》を競う女優陣を相手に一歩も引けをとらず実に堂々と若き美貌の光源氏を演じきった。その時も、三百年の伝統が培《つちか》った歌舞伎の芸の底力に心底感嘆したものだ。新之助が見せる得体のしれない才能は、つまりは日本の歴史が咲かせている花なのだ。

　話を二〇〇七年三月のパリ公演にもどそう。パリ公演に私は仕事の都合で行けなかったのだが、私の妻と娘は行った。パリの人々は大いに感動していたという。オペラ座の『勧進帳』の初日は團十郎の弁慶に海老蔵の富樫《とがし》、二日目は入れ替わって海老蔵の弁慶に團十郎の富樫、これは初めて見る組み合わせであった。で面白いのは、花道のないオペラ座で弁慶は最後の飛び六方をどうやって見せて引っ込むかが親子の議論になった。海老蔵は真ん中の通路に舞台から傾斜した繋《つな》ぎを架して、そこでやると言う。團十郎は「そんな危険なことはしない」と言って、下手の揚げ幕に引っ込むことを選ぶ。こんな時、團十郎は決して海老蔵に強要はしない。で結局、二人はそれぞれ違った飛び六方と引っ込みを見せたわけだが、両者とも熱意みなぎる素晴らしさだった。

終わって團十郎は「これで十一代目までの團十郎のみなさんに、なにか褒めてもらえるようなことをした感じです」と言っていたが、團十郎の背中には初代から延々と歌舞伎を支えつづけてきた團十郎の系譜がずしりとのしかかっているのだ。それを背負って生きる覚悟にこそ團十郎の芸の核はあるのだ。

アラ勿体なや、勿体なや。
ついに泣かぬ弁慶の、一期の涙ぞ殊勝なる。

この時の弁慶の泣き様。肩をふるわせ、頭をゆらして泣く姿は、大仕事を成し遂げた十二代目團十郎の感動の涙であったろう。

團十郎丈との思い出はつきない。

團十郎丈とは家族ぐるみのお付き合いで、両家の家族で中華料理や焼き肉を囲んだものだ。銀座や京都の祇園に遊びにも行った。逗子のわが家にも遊びに来てくれた。ネタの鯛《たい》とマイ包丁持参である。團十郎自ら包丁を使い刺身を作ってくれる。料理にはそうとう自信があるらしい。近所にお住まいの河竹登志夫（黙阿弥の曽孫、演劇評論家）ご夫婦も交えて賞味したものだ。将棋もやった。

平成十一年一月十一日、袖ケ浦カンツリーでゴルフをやった。するとなんと、十一時十一分に團十郎さんがバーディをとった。ご一緒していた杉崎則夫さん（京都洛東タクシー社長）が「これはおめでたい」と言い、三人が三人とも左右の人差し指を立て、笑って写真に納まった。一一一一一のつもりだった。

色は空　空は色との　時なき世へ

團十郎さんの辞世の句が思い出され、私の心も色なき空を駆けめぐる。

團菊祭――海老蔵『雷神不動北山櫻』

團菊祭五月大歌舞伎の昼の部『通し狂言―雷神不動北山櫻《なるかみふどうきたやまざくら》』(十二世市川團十郎五年祭、歌舞伎座)を観てきた。芝居の感想を言うまえに、言わずにいられないのはなんと言っても團十郎のいない寂しさだ。十二代目市川團十郎丈とは個人的にも随分と仲良くしていただき、仕事の上でも世界劇『眠り王』『源氏物語』などの上演でお世話になったことを思うと、團十郎丈のいない團菊祭とはいったいなんなのだという無常の思いにかられる。ゴルフを楽しんだり、お宅にうかがって芸談をうかがい、また銀座や京都でまさに胸襟を開いて酒を酌み交わした日々が思い出されて、團十郎丈の顔写真が丸で囲われた看板を見上げて半ば呆然《ぼうぜん》とするのだ。

人柄においてほとんど完全無欠の人だった。立派な役者だった。『勧進帳』『助六』『暫』『紅葉狩』『船弁慶』などの家の芸や、九代目團十郎が初演を手がけた『極付幡随長兵衛《きわめつきばんずいちょうべえ》』などをやらせたら天下一品であった。特に『勧進帳』の弁慶は、その思いの深さといい、作品への愛と敬意と誇りといい、全編にあふれる熱く燃えるエネルギー、その人間力とも言うべき包容力の大きさには観るたびに心打たれた。そしてその包容力は病に倒れて奇跡の復活を果たしたその短い間にも決して衰えることがなかった。そこには十二代つづいた市川團十郎の血が燃えたぎっていた。

今や「色は空　空は色との　時なき世へ」行ってしまった十二代目團十郎丈に向かって言おう。海老蔵はここのところ覚醒したかのごとくにいい役者になったと。平成二十二（二〇一〇）年一月に『伊達の十役』（新橋演舞場）を演じたあたりから海老蔵の変成が始まっていたのではないか。『伊達の十役』という芝居はもとを正せば七代目市川團十郎が初演したものであるが、それを現代に蘇《よみがえ》らせたのは三代目市川猿之助であった。初代猿之助は九代目市川團十郎の弟子であったのだが、小芝居に出て、師に無断で『勧進帳』の弁慶を演じたことで破門になり、後にその逆鱗《げきりん》を解かれ、艱難《かんなん》辛苦の末に初代猿之助となったといういきさつがあるのだが、その初代の不屈の魂とも言うべき闘志を三代目猿之助が受け継いでいたものであろう。彼はスーパー歌舞伎なるものを発明して、市川猿之助の名を不朽ならしめた。その情熱と闘志を学びたい一心で、海老蔵は辞を低くして三代目猿之助に教えを請うたのである。この時、海老蔵は一度死んで蘇生したと私は解釈している。

外連《けれん》というと一般社会では、忌むべきものと決められている。辞書を引けば「歌舞伎や人形浄瑠璃で、見た目本位の奇抜さをねらった演出。またその演目。早替わり・宙乗り・仕掛け物など。ごまかし、はったりなど」と書かれてある。「ケレン味がない」という形容は真面目な人、ごまかしのない人という褒め言葉の意味となっている。果たして本当だろうか。一般社会ではたとえそうであっても、芸能の世界では「ケレン味がない」という言葉の意味は違ってくる。それは面白みのない、代わりばえのしない、新味に欠けた、平板な、常識的な芸を評した言葉となり、決して褒め言葉として使われることはない。そのことを喝破《かっぱ》して、勇敢にも外連に挑戦し、まさに外連の集大成とも言うべきスーパー歌舞伎なるものを発明した三代目猿之助の功績はまことに大なるものがあるのだ。『ヤマトタケル』の壮大なる宙乗り、『義経千本櫻』の早替わりと宙乗りで満都の客をうならせ、大喝采を受けたのだ。この時、歌舞伎は息を吹き返した。

ここで十二代目團十郎との逸話を述べるとしよう。酒を飲みつつ交わした会話である。

私　市川家の芸の根本はなんですか？

團十郎　團十郎は動かず、が根本です。

私　その心は成田不動から来ているのですか。

團十郎　まさか。そんなことはありません。市川家の芸を継いだものは家の芸の古い資料を検証したり、紛失した台本を収集し、補綴《ほてい》して上演可能なものにしたり、また役者の動きそのものも伝承していかなければならないのです。これだけでも一生かかってしまうような大仕事なのです。團十郎にはそれをやる義務があるのです。

私　江戸歌舞伎宗家としての務めですね。

團十郎　だから團十郎は動かずなのです。

私　動けないのではなく……。

團十郎　積極的にその仕事に取り組む意味を込めて、動かないと言ったのです。

私　分かります。今、猿之助が外連を売り物に大当たりを取っていますが、外連についてどう思われますか。

團十郎　外連はそもそも市川家が本家本元なのです。荒事も外連、隈《くま》取りも外連ですし、『暫』の鎌倉権五郎なんか外連の総元締みたいなものです。『勧進帳』の跳び六方も外連でしょう。宙乗りを最初にやったのは初代團十郎ですし、不動の宙浮きも外連……もう外連、外連の連続で市川家の芸は今日までつづいてきたのです。

つまり外連あればこそ、歌舞伎の魅力はいや増すということを團十郎は熟知していた。が、市川家の芸を守ることに追われて、動かないでいるうちに、外連にたいする新鮮な挑戦力を失っていた。そのことも團十郎はよく知っていた。だから、海老蔵が三代目猿之助に教えを請うたことを黙って認めたのである。

海老蔵は動いた。海老蔵だから動けたとも言える。家の芸である外連の失われた精神を弟子筋の三代目猿之助に学んだのである。この勇気ある決断がもたらしたものは大きかった。海老蔵の『伊達の十役』は三代目猿之助もびっくりするほどの仕上がりを見せ、このたびの『雷神不動北山櫻』は外連の味をたっぷりと盛り込んだ最上上上吉の出来であった。雲の絶間姫の尾上菊之助は絶品の美しさ。この二人が近い将来、新しい團菊祭の主役になるのかと思うと、今から胸がうずく。

京都花街と歌舞伎との関係

京都という街を初めて訪ねたのは一九六六（昭和四十一）年の初夏だった。私は二十七歳で、『知りたくないの』（菅原洋一歌、なかにし礼訳詩）と『涙と雨にぬれて』（裕圭子とロス・インディオス、なかにし礼作詩作曲）の二曲を世に出しただけでさほど忙しい身でもなかった。そんな私に渡辺プロはジャズ歌手中島潤のレパートリーの訳詩とコンサートの構成演出を頼んできた。京都のナイトクラブ「ベラミ」での一カ月公演だという。京都と聞いて一も二もなく引き受けた。私は高校の修学旅行にも参加していなかったこともあって、京都にはまだ見ぬ恋人にたいする憧れのようなものを抱いていたからである。

で、行った。いやあ楽しかったなあ。

今月の公演の先生様として扱っていただき、分不相応な接待をしてもらったのである。その上、構成演出料はもらえるわけで、夜毎《よごと》「ベラミ」の客となって中島潤の歌を聴きながら遊びなのか仕事なのか分からないような日々を過ごしていた。店は毎晩ひとかどの人とおぼしき客がひしめき、若い私などはぼんやりとしてしまうほどの大盛況で、ショーも好評で文句なしだ。

その頃の京都の花街風景は古き伝統を感じさせる数多《あまた》の店に交じってカナ文字の名のついたバーやスナックなどがちらほらと見えはじめていたといったところか。どこへ行っても黒沢明とロス・プリモスの歌う『ラブユー東京』が街中に流れていて、客もまた歌っていた。まだヒット曲を生んだ経験のない私は歌の持つ魔力のようなものを感じて心底うらやましさを覚えたものだ。

そんな私を「ベラミ」の今は亡きママ山本千代子さんが「京都に来て、お茶屋遊びをしなきゃ意味がない」と言って連れていってくれたところが先斗《ぽんと》町のお茶屋さんである。

よく映画で新選組の隊士たちが肩で風を切って先斗町の狭い町並みを歩くシーンがあるが、あれがあのままあるから嬉しくなる。そしてお茶屋にあがると、舞妓《まいこ》はんや芸妓《げいこ》はんが京言葉でお相手をしてくれる。真っ白に白粉《おしろい》を塗っていて素顔は想像もつかないが、とにかく京言葉の響きに酔い、酒に酔い、舞妓や芸妓の歌や踊りに酔う。これが楽しくないわけがない。以来すっかりはまってしまい、年が明けるとすぐに、ヒットメーカーになった私は少しでも暇ができると京都に行き、先斗町で茶屋遊びの真似事《まねごと》をし、売れっ子の疲れを癒やしたものだ。祇園花見小路にあった和風旅館「右近」が定宿だった。

京都は名所だらけである。四季折々の魅力にあふれている。春の京都は街全体が桜並木になる。街造りの見事さにはほとほと感じ入る。お盆の大文字の送り火の風情に優《まさ》るものがあろうか。夏の祇園祭は暑くてたまらないが京都人の心意気に打たれる。秋の嵐山の紅葉のなんたる美しさ。底冷えのする京都の宿で、雪見障子から庭を眺めつつ机に向かい、もの思うのは、物書きであることの至福であろう。

一九七一（昭和四十六）年に結婚したが、新婚旅行の第一夜、先斗町のお茶屋に新妻を連れていったくらいだから、私の入れ込みようもはんぱじゃなかったなあ。

その後、兄のこしらえた大借金を返済することに追われて、十年間ほど足が遠のいたが、一九八二年に借金を完済し、鎌倉に家を建てたあたりからまた京都通いが始まった。こんどは祇園のほうである。串団子をモチーフにした赤い提灯《ちょうちん》がお茶屋の軒先に下げられていて、それらがほんのりと足下を照らす町並みはなんとも言えない風情だ。でまた通う。

なにがそんなに面白いのか。答えは簡単である。芸妓や舞妓の芸が面白いのである。四月には祇園甲部歌舞練場での「都をどり」、五月には先斗町歌舞練場での「鴨川をどり」があり、そこで芸妓や舞妓は日頃の稽古で鍛えられた芸を観せる。踊り、芝居をし、三味線を弾き、鼓を打ち、太鼓をたたき、笛を吹き、歌をうたう。世の人は所詮芸者の芸だろうと高をくくる。それはそうかもしれないが、それを言ったら野暮丸出しで、京都花街のお茶屋で交わす芸妓たちとの会話のテーマは芸の話が基本なのである。

芸の話をしている時にこそ、彼女たちの目は輝き、口は滑らかになり、仕草も生き生きとなる。そんな話の流れの中で、歌舞伎役者の話やら、南座の出し物の評判やらを聞いているうちに日本芸能が綿々と受け継がれていることを実感する。これが楽しいのであり、そのためには「都をどり」や「鴨川をどり」を観ていないことには始まらない。

私が小説『長崎ぶらぶら節』の登場人物、長崎学者古賀十二郎《じゅうじろう》に語らせた台詞に嘘はないのである。

「おいがここにおるとは酒を飲むためではなか。日本文化の観賞じゃ。芸者遊びのこの無駄、この下らなさ、このバカらしさ、この楽しさと虚《むな》しさを知らんで、どうして花街のことば語れようぞ。おいは身銭を切って遊んだとたい。そいで身上ばつぶしたとたい。町の学者の誇りたい」

私は身上をつぶすほどに遊んではいないが、心意気は同質だったと思っている。

歌舞伎は一六〇三（慶長八）年、出雲の阿国《おくに》が踊ったかぶき踊を端緒とする。だから最初は「女歌舞伎」であった。ついで遊女屋が客寄せの宣伝として四条河原に舞台を張って経営した「遊女歌舞伎」が出現する。芸をみがいた美女をそろえ、一糸乱れぬ踊りっぷりと、三味線音楽の官能性で、ごっそり客をいただこうという寸法だ。しかし遊女歌舞伎はいかがわしいと言われて禁止され、かわって「若衆歌舞伎」が出てくるが、これも同じ理由で禁止になり、ついに「野郎歌舞伎」となり、それが現代の歌舞伎へとつながるのである。というわけだから、京の花街と歌舞伎は縁つづきであり、兄弟姉妹のようなものだ。

今なお生きつづけている長い歴史の遺跡のような街で、美女の芸に酔いつつ夢を見る。こんなことのできる日本という国はつくづく不思議な国だと思う。

梅若玄祥とギリシャ劇場能

　五十六世梅若六郎玄祥（一九四八―）といえば二〇一五年七月にギリシャ最古の劇場で『冥府行～ネキア』というギリシャとの共同製作による新作能を舞った人として記憶している人も多いだろう。私はBS朝日『世界遺産で神話を舞う』という番組でそれを知ったのだったが、あの時の感動は忘れがたいものだ。

　二〇一二年、梅若玄祥はギリシャ人演出家ミハイル・マルマリノス氏（世界的に活動し、数々の賞を受けている）から共同作業の申し込みを受ける。ホメロスの叙事詩『オデュッセイア』第十一歌『ネキア（冥府行）』をぜひ日本の能でやりたいということだった。

　なぜお能がいいと思うのか、という梅若玄祥の質問に、来日したマルマリノス氏は「能はドアを開けるように簡単に死の世界に行くことができる。それが素晴らしい」と答える。それを聞いて梅若玄祥は「あなたはお能をよくご存じでいらっしゃる」と言ってほほ笑む。演出家は「能でしか最上の形にならない。演劇では不可能だ」。また「日本ではギリシャ人がすでに失った神々の神秘が現代になお生きている」とまで言う。

　こんなやりとりから始まったこのプロジェクトだが、二〇一五年七月の本番までの事の流れは困難を極め、公演中止を迫られるほどであった。しかし瀬戸内寂聴原作『夢浮橋《ゆめのうきはし》』、堂本正樹作『空海』、ヴァイオリニスト葉加瀬太郎との京都上賀茂神社でのコラボレーションなど新しい試みに積極的に挑戦する梅若玄祥は屈することはなかった。このままでは能は衰退してしまうという強い思いに日々突き上げられている梅若玄祥ならではの情熱のたまものであろう。

数あるギリシャの古代劇場の中でも最古のものであるエピダウロスの円形劇場は人類の舞台芸術発祥の地である。梅若玄祥がギリシャにわたり、アテネから80キロはなれたその劇場の真ん中に立ち、試みに『翁』神歌の冒頭を歌った。それは劇場の音響効果を調べるためであったのだが、二千四百年前に建てられた古代劇場は玄祥の声が流れた瞬間、神聖な空気につつまれ、邪気がたちまちのうちに晴らされていくようだった。

とうとうたらりたらりら
たらりあがりららりとう

その声には古代劇場に眠る神聖なるものを覚醒させるような力がこめられていた。私は能の持つ神通力に打たれた。

ギリシャ人演出家と能との間に起きた齟齬《そご》とはなんだったのか。それは、冥府にあって数々登場する亡霊の中でも、ほぼ最後に現れるアイアスの扱いについてだった。日本の能本作者笠井賢一氏はそれをさほど重要と思わず割愛していた。しかしギリシャ人にとっては、この亡霊となって現れた英雄アイアスはオデュッセウスと再会したにもかかわらず、アキレウスの霊を慰めるための一騎打ちでオデュッセウスに敗れたことに憤激していて、最後までオデュッセウスを許そうとしないで去っていくところが重要なのだと言って引き下がらない。伝統の違いもあるだろうが、日本人の知識の限界もあるだろう。私たちはギリシャ人たちがアイアスのことを大アイアスと呼んで愛していることを知らない。ギリシャ人たちはアイアスの誇り高い精神を崇《あが》めているから、彼がついにオデュッセウスと和解せずに去っていくことが重要であり、そこがいわば劇のクライマックスともなるのだと言う。

笠井賢一氏は納得して書き直す。もし、書き直さなければ、公演中止になるところだった。しかし結果的にはこれで良かった。本番では、この場面が、演出家の狙いどおり、劇の終わりにあたって、極めて緊張感にみちたクライマックスを創りあげていた。

それはすっかり日の沈んだ夜に開幕した。

開幕と同時に、まるでギリシャ劇を始めるかのように、能の一座が祈りを捧《ささ》げる。

オリンポスの神々よ
　見そなわせ
我らは東の果て　日の出《いず》る国

日の本の能の一座

古代劇場の観客席を一万人を超えるギリシャ人が埋めた。みな、新しい芸術の誕生に立ち会うことを期待して見守る。

梅若玄祥が演ずる預言者テイレシアスと魔女キルケーの玄妙な動き。それぞれの面《おもて》と衣裳の実在感は圧倒的だ。亡霊たちが青白く光る玉を持って登場するその場面の幻想的なること。オデュッセウスが母の亡霊を抱こうとしても、再三にわたって、空を抱きしめてしまう場面のはかなさと悲しみなど、観客は十分に堪能し、終わってもしばらく劇場から去ろうとしなかった。

劇はふたたび能の一座の祈りによってしめくくられる。

鎮魂の芸能者　語り舞え
命たぎらす修羅の戦いを
敗れ去りし者の修羅
勝ちし者の修羅
我ら鎮魂の芸能者によって
永久《とわ》に語り継がれるであろう

演出家マルマリノス氏は終わったあと「我々はやり遂げた」と興奮気味に語った。それはその通りであり、この『冥府行〜ネキア』は観世流能の新しい演目となって、さらに磨きをかけられ再三にわたって上演されている。

私は二〇一八年四月四日の夜、靖國神社「夜桜能」と銘うつ薪能《たきぎのう》でシテ梅若六郎玄祥改め梅若実玄祥の『羽衣』（瑞雲ノ舞）の美しさに陶然としていた。

数知れぬ戦死者たちの霊魂が眠りから覚めてうごめきだしたのか、この夜の靖國神社には重い霊気が垂れこめ、息苦しいほどだった。

私はギリシャ劇場能の最終節を思い出す。

敗れ去りし者の修羅
勝ちし者の修羅
我ら鎮魂の芸能者によって
永久に語り継がれるであろう

天女は虚空に消え去り、余韻はつきない。この瞬間に限って言うなら、A級戦犯合祀《ごうし》の可否を云々《うんぬん》することも、浮世の世迷《よま》い言に思えてしまう。能の崇高さとはまさにこのことを言うのだろう。

新しき世阿弥の誕生

坂口安吾は『日本文化私観』の中で辛辣《しんらつ》にも「ゲーリー・クーパーは満員客止めの盛況だが、梅若万三郎は数える程しか客が来ない」と言って日本の文化と文化人の貧困をあげつらったが、ゲーリー・クーパーに対して大河内傳次郎、阪東妻三郎、長谷川一夫など当時の日本映画のスターを比較するのならともかく、能の梅若万三郎をわざわざ引っ張りだして、能の衰退と日本文化の貧困を嘆いてみせるなんてお門違いもはなはだしい。片や大型スクリーンに映しだされるスーパー電気紙芝居であり、同じ総合芸術でもこちらは無（静寂）から始まり、無（静寂）をもって終わることを旨とする、客席数もせいぜい五百のしかも一日限りの小作りな舞台劇である。そもそも並べるだけでもピントがずれている、いやフェアじゃないと私は思う。安吾がこれを書いた昭和十七（一九四二）年、能の梅若万三郎（初世、一八六九―一九四六）は、大正十（一九二一）年の観世流との間に起きた観梅問題（大正十年から昭和二十九年までつづいた。次項で詳述）により、梅若六郎、観世鉄之丞《てつのじょう》らとともに梅若流として独立し、その宗家となったが、その宗家みずからが昭和八（一九三三）年、苦しさあまって観世流に復帰してしまった。これによって万三郎自身はその後の活動を開始し、弁慶の万三郎などと持てはやされ、のちには文化勲章を受章するまでになったが、能そのものは、長い歴史の中でも最もその存続が危ぶまれた時期であった。私は安吾のファンであるが、冒頭の一文は納得がいかない。が、とにかく安吾は日本のもっとも優れた芸能芸術である能が絶滅危惧種になりかけていることにいらだちを覚え、警鐘を鳴らしたかったのだろうと思うことにしている。安吾はまたこうも言うからだ。

「僕は『檜垣《ひがき》』を世界一流の文学だと思っているが、能の舞台を見たいとは思わない。もう我々には直接連絡しないような表現や唄い方を、退屈しながら、せめて一粒の砂金を待って辛抱するのが堪えられぬからだ。（中略）天才世阿弥は永遠に新らただけれども、能の舞台や唄い方や表現形式が永遠に新らたかどうかは疑しい。古いもの、退屈なものは、亡びるか、生れ変るのが当然だ」

しかし、安吾と同じ危機感を抱いていた能楽師がたった一人だがいたのである。その人の名は五十六世梅若六郎・玄祥である。

「能がつまらなくなったことの理由は、世の中に娯楽があふれていることや、観る側の能にたいする姿勢に問題があるように言われていますが、演じる我々能楽師に問題はないのか。観る側の想像力を真に刺激する舞台を務めているか。と自ら問うた時、一〇〇パーセントの自信をもって頷くことのできない自分がいることに気付きました。現行の古典能は磨き込まれてしまい、もはや磨き足らない曇りをみつけられないほどに完成されていま す。つらい言い方をすれば、ともすれば現代の能楽師は、能という宝石を取り出して点検する、管理人に過ぎないのかもしれません。この現実を抜け出すためには私たち能楽師こそが刺激を受けなくてはならない。そのためにはただ磨くだけでなく、ダイヤモンドの原石を掘り出し、削る作業が必要なのではないか。それがゼロから能をつくり上げていく新作だと、私は考えています。新作に完成度は求めません。初めから完璧なものなどこの世にありません。むしろ大事なのは、新しいものを生み出すために発揮されるエネルギーであり、その過程で出会うさまざまな発見です」（梅若六郎『能の新世紀』小学館）

平成に入るや、梅若玄祥は猛然と新作能にとりかかった。そのエネルギーたるや凄まじいものだ。『夢浮橋』（瀬戸内寂聴作）、『空海』（堂本正樹作）、『伽羅沙《がらしゃ》』（山本東次郎作）、『額田王《ぬかたのおおきみ》』（馬場あき子作）、『大坂城』（堂本正樹作）、『ジゼル』（水原紫苑脚本）、『安倍晴明』（吉田喜重原作）、『マリー・アントワネット』（植田紳爾脚本）、『冥府行〜ネキア』（ホメロス『オデュッセイア』より。ミハイル・マルマリノス演出）……しかも梅若玄祥は能舞台から飛び出した。能そのものにもっと広い空間を与えること。つまり世界の舞台で上演することを念頭に入れてのことだ。そして二〇〇〇年十二月、梅若玄祥率いる能楽師一行は新作の『空海』『伽羅沙』、古典の『土蜘蛛』を持ってヨーロッパ巡業を敢行した。オランダのアムステルダム、アルクマール、ベルギーのブリュッセル、フランスのパリ、リールと回って大成功を収めた。

二〇一四年の『神に選ばれし表現者たち　葉加瀬太郎×梅若玄祥〜世界遺産で奇跡の競演〜』というコラボレーションはそういう流れの中で梅若玄祥から葉加瀬太郎に依頼して

実現したものだ。

この公演は、上賀茂神社式年遷宮を記念してのものだったから、神への奉納の意味も込められていた。プログラムはまず梅若玄祥による素面による『翁』の言祝《ことほ》ぎから始まった。次に葉加瀬太郎のヴァイオリンでバッハの『シャコンヌ』が独奏され、そしていよいよ、西洋音楽と日本の能との競演、組曲『寂寞《じゃくまく》』が始まった。第一曲『揺らぎ』、第二曲『メモリー』、第三曲『ルーツ』、第四曲『祈り』、終曲『プロミス』となっている。梅若玄祥はどの曲においても、美しく、揺るぎなく、完璧に舞った。そこに存在するだけで、そこが宇宙の中心となり、あらゆるものが消え果ててしまう。音楽は確かに西洋音楽であるが、それさえ怪しまれるほどに、すべてが玄祥の舞に奉仕する。中でも圧巻は第四曲『祈り』で、詞章を即興で謡いつつ舞うのだが、

行方知れず　行方知れず……

その声、その謡いまわし、圧倒的である。

「今までの『能』という枠組みをいかに超えようとも、能楽師の肉体と芸の力がある限り、それは『能』だ」。映画監督吉田喜重のこの言葉はまさに至言だと思う。五十六世梅若六郎・玄祥という能楽師は六百年の年月をかけて、能がついに生み出した新しき世阿弥かもしれない。

芸能の神秘——白洲正子『梅若実聞書』

白洲正子編『梅若実聞書』（能楽書林）という本がある。この本は四歳から能の稽古を始め、面をかけて舞台に立ったこともあり、千番の能を観たと豪語するほど能を愛した白洲正子（一九一〇—一九八）が、師匠である五十四世梅若六郎・二世梅若実（初世梅若実の二男、一八七八—一九五九）七十三歳の折、能についての思いのたけをぶつけ、それに対して師匠の梅若実が実に心をひらいて答えてくれた言葉を書き記した名著である。

私はこの本を楽々と読みこなすほど能については知らないし、能の舞台は千番どころか三十番くらいしか観ていない。ＤＶＤを入れても百番に満たないだろう。しかしこの本の至る所で私は感動し、能をますます好きになり、語り手である二世梅若実の言葉のひとつひとつに深々と滋味を感じ、源流をたどればどこに行き着くのか分からないが、とにかく日本人が発想し、完成させ、持続させている能という芸能がこの世にあることの不思議に打たれ、「幽玄」というものの実体については誰も明らかにはできないが、それを感じることのできる自分自身を嬉しく思うのだ。

能は式楽として幕府の体制に組み込まれていた。観世流は徳川家康以来の縁もあり江戸時代の末期には筆頭の地位と特権を得ていた。そこに明治維新という大事件が起き、徳川慶喜は慶応三年、大政を奉還し静岡に移った。二十二世観世清孝も、ともに静岡について行った。他流の人の中には能をやめて商売を始める者もいた。銀座にある金春《こんぱる》通りは金春流がお茶屋を始め、それを契機として金春新道という一大歓楽街が全盛を極めたその名残りだと銀座由緒書きにある。当然、能は苦境に陥った。東京に残って能を守ろうとしたのは初世梅若実、十六世宝生九郎、桜間伴馬《ばんま》とその一門だけだったのである。初世梅若実は楊枝《ようじ》をけずるなどの内職をして、辛うじて命をつないだ。いや、ある時などは、編み笠《がさ》をかぶって両国橋の上に立ち、道行く人に謡《うたい》を聞かせていたこともあった。むろんお金が欲しくてやっていたわけでなく、この世には「能」というものがあることを人々に忘れてもらいたくない一心からそうしていたという。

ようやく小さな舞台を作ることができた時にはなんと揚げ幕は風呂敷であった。梅若実、宝生九郎、桜間伴馬の三人は流派など関係なく、仲良く助け合い稽古をつづけていたという。そうこうしているうちに、明治九年、岩倉具視卿からの声がかりで岩倉邸に招かれ、明治天皇の天覧をたまわることになった。天皇陛下もさることながら、昭憲皇太后陛下と英照皇太后陛下がことのほか能がお好きでいらしたとか。思いもかけぬ僥倖《ぎょうこう》であった。天覧能は実に四十数回におよんだという。そしてついに、明治政府は能楽師の保護育成に着手するという段階にまでなった。

静岡に移った観世清孝のほうはどうしていたかというと、徳川慶喜にはもはや能を支援する能力はなく、観世清孝は能装束を売り払うような生活を強いられ、尾羽《おは》うち枯らして東京に舞い戻った。そこで意外にも、梅若実が観世の許可もなく、免状を発行していたことを知る。観世清孝の怒るまいことか。宗家が不在であるがゆえの応急処置だったといくら弁明しても聞いてもらえず、宗家の存在をないがしろにする不届き者めということで、まずは観世清孝が観梅問題の火蓋《ひぶた》を切った。そして明治二十一（一八八八）年に清孝は亡くなり、初世梅若実が存命中は大きな問題にならなかったが、明治四十二年に没すると、即刻、観世流二十四世宗家観世元滋は二世梅若実とその一門を除名処分にした。ついに大正十（一九二一）年、五十四世梅若六郎（二世梅若実）は梅若流独立の決断に至る。時に五十四世梅若六郎（二世梅若実）四十三歳。

兄の梅若万三郎を宗家として梅若流を立ち上げたのはいいが、その宗家の梅若万三郎が昭和八（一九三三）年さっさと観世流に復帰してしまう。孤立無援となった梅若六郎はほうぼうから観世に復帰したらどうかと声をかけられたが、「私はいったん流儀を立てたからにはどうなろうとも、せがれの代になればどうか分かりませんが、私はいよいよいけなくなれば、家も地所も装束さえも売り払って、それでもいけなければ編み笠かぶって門付けしてでも一生を送ります」と言って、梅若流を守り抜いた。

五十四世梅若六郎は昭和二十三（一九四八）年隠居し、二世梅若実を襲名。長男に五十五世梅若六郎を継がせる。その長男が一九五四年、一門全員とともに観世流に復帰して、長年にわたる観世・梅若の抗争に終止符を打つという英断を下し、すべては円満に解決した。

しかし能楽界では、初世梅若実、宝生九郎、桜間伴馬を明治の三名人と称《たた》え、能の存亡にかけた情熱を賛美することを忘れていない。

能の稽古の凄まじさはまこと筆舌につくしがたい。現行の能の演目はおよそ二百四十曲あるという。それをすべて覚え、あみだ籤《くじ》のようにして引き当てた曲をその場で謡い舞うという稽古を連日繰り返し、夜は高い声、朝は低い声の発声練習をし、声変わりの時には声がつぶれるほどにやり、つぶれた声のあとに本物の声が生まれでるまでやる。

能を芸術にまで高めたのは世阿弥であるが、なにをもって高めたかというと、それは能の型である。能は型に始まって型によって終わる。型のすべては、世阿弥が創始し、それを守ることが能を継承することなのである。型を極め、型から型へと移り行く水の流れのような美しさを極めた時、その人は名人と呼ばれ、その無限の繰り返しが伝統となるのだ。

能は奇《く》しくも、仏教の普及と時を同じうして完成したが、私たちは能の中に「日本的霊性」が脈々と息づいていることを知る。鋭利な針と針の先端が触れ合って閃光を放つ一瞬を全身全霊で感じる歓《よろこ》び。その瞬間をたぶん「幽玄」と呼ぶのだろうが、これあるかぎり私たちは芸能の神秘の力を信ずるのである。

第4章
異郷からの衝撃

旧葫蘆島駅に立つ

二〇一七年の夏、NHK・BSプレミアムによって『インタビュー・ドキュメント自伝 なかにし礼～わが恋 わが愛 わが命』という九十分番組が制作された。それは私の近著『夜の歌』（毎日新聞出版）というやや自伝的な小説を基本的な素材として、なかにし礼という一人の作家・作詩家の人生と作品を通して、彼が生きた軌跡とその時代を探求してみようというかなり遠大というか、ともかく困難なテーマを追求する試みであった。

結果については九月十三日（水）の二十一時から放送されたから、今さら言い訳のしようもないのだが、その企画の段階で、「この機会にぜひ行ってみたい場所はありますか？」と訊かれ、私は即座に「コロ島に行きたい」と答えた。質問者は私の答えが、私の生地・牡丹江でもなく、また一年二カ月にわたる避難民生活を送ったハルビンでもないことに軽く首をかしげたが、私にとっては自然な答えであった。

コロ島といえば満洲からの引き揚げ者ならみな「ああ、あの時のあの場所」と思わずにはいられないところである。

コロ島は中国遼寧《りょうねい》省の錦州の南西にあり、旧満洲の西の入り口として重要な港街であったが、なにより一九四六年五月七日から始まり一九四八年までつづいた在満日本人居留民の日本送還、つまり日本への引き揚げ船の出発地としてその名を歴史に残している。

石炭を運ぶ無蓋車《むがいしゃ》に乗せられてか、または歩いてか、とにかくコロ島にたどり着いた日本人は毎日一万五千人を下らなかった。彼らは大きなキャンプ地のテントの中にしばらく収容され、検閲を受け、胸に整理番号をつけられて順に乗船が許された。そうやって、コロ島から日本の博多や佐世保に引き揚げた者の数は百五万人である。まぎれもなく私もその百五万人の中の一人であった。私は戦後三回にわたり牡丹江やハルビンには足を運んでいたがコロ島までは行っていなかった。それがずうっと心にひっかかっていた。それをこの機会に解き放ちたいと思ったのである。

満洲で生まれた私にとって引き揚げとはいったいなんだったのか。それは単純に母国に帰るということではなかった。母国に帰ると同時に生まれた土地である故郷を離れるということでもある。離れるという言葉は正確でない。故郷そのものがこの世からかき消えてしまったのだから、私自身は空中に浮遊している存在であった。コロ島の海辺には、「1050000——日本僑俘遣返之地」と刻まれた大送還の大きな記念碑が建てられてあったが、その言葉の中の「僑俘」がそのままのわが身だったのである。すなわち、俘《ふ》（捕虜）となった僑《きょう》（よその土地に住む者）であった。であるから、僑俘である私にとっての引き揚げは晴れて安住の地に帰ることを許されたということであった。それが嬉しからざるわけがない。

ついに乗船が決まった日、整理番号を胸につけた私たちはキャンプ地を出、長い列をなして波止場へと連れていかれた。

空腹のせいもあってか随分沢山歩かされたようだが、そうでもなかったかもしれない。だらだら坂を上がりきって一息ついた時、その時、目の前にひろがった景色には目が焼かれるほどに圧倒された。なんと目の前には真っ青な海があり、水平線の彼方はそのまま真っ青な空につづいていた。沖合には私たちを乗せていくに違いないアメリカ軍戦車揚陸艦LST号が左右に大きく口を開け、煙突からは白い煙をたなびかせていた。

私は一瞬歩けなくなり、その場にくずおれた。喜びのあまりの放心状態とでも言おうか、わっと叫んでそのまま泣きくずれたかった。

ソ連が満洲に侵攻した日から一年二カ月にわたる逃避行と避難民生活の間に嬉しいことは一つとしてなかった。人間は誰もが空腹と恐怖にもだえ、悲しみと苦しみにのたうちまわり、愚劣でさもしい姿をさらしながら命をむさぼり生きていた。私の父はソ連軍の強制労働に連れていかれ、そして死んだ。だけどだ。コロ島の青い海と青い空は歓喜の涙にかすんだのだった。青い海と青い空に私は唯一の希望を見ていたのかもしれない。あの頃の私にとって、コロ島は絶望の闇に光輝く紅の一点であった。

そのコロ島に行った。着いてまず驚いたのは新しい駅舎の巨大で立派なことだった。街は近代的に発展し、街を貫く真っ直《す》ぐな道路の左右には赤いネオンのリボン飾りがあり、それが十メートル間隔で果てしなくつづいている。その夜景の美しさといったらない。

七十年という年月はたしかに流れたのだ。昔の面影は全然なかった。ところがだ。中国人の案内人は「むかしのコロ島駅がまだ残っています。ご案内しましょう」と言う。

まさか、という思いでついて行ったが、街はずれの港近くの辺鄙《へんぴ》なところに、旧コロ島駅舎がくたびれ果てたままぽつんと建っていた。忘れもしないこの駅舎である。長い逃避行の末にやっとたどり着いた終着駅。私たちを無蓋車で運んできた貨物車の線路まで残されてあった。錆《さ》びたまま。

中国政府は日本と中国との歴史的記念碑として、駅舎と線路を残しつづけているのだそうだ。なにかに使用するでもなく。

旧コロ島駅の前に立った私の頭には一つとして言葉が浮かばなかった。「七十一年経《た》って旧コロ島駅がここにあり、七十一年経って私が生きてふたたびここにいる」。私はこの事実の重さに耐えるのに必死であった。

昨年、厚生労働省の引揚援護局に電話をした。

「私は昭和二十一年十月××日に広島大竹港に引き揚げてきた者ですが、乗船名簿は残っているのでしょうか」

「軍属および満鉄関係者以外の方の乗船名簿はありません」

けんもほろろの答えであった。

私の目ににわかに涙の浮かんだことを隠すまい。なんとも言えず悲しかったのだから。

詩人金時鐘と平昌オリンピック

冬の平昌《ピョンチャン》オリンピックが終わった。今回のオリンピックほど政治色が強いとか、オリンピックの政治利用だなどと外野からうるさい声が上がったのも珍しい。だが、一歩引き下がって冷静に事の推移を見れば、北朝鮮選手の参加を促したり、女子のアイスホッケーで南北合同チームが結成されるなど、それを言い出したのはむろん韓国の文在寅《ムン・ジェイン》大統領であるが、それを受けて「世界の平和に向けて橋渡しをするのがオリンピックの役目でもある。その上、私は北朝鮮のオリンピック参加を心待ちにしていた」とIOCのバッハ会長が言い、IOCも全会一致でそれを認めた。とやこう文句を言うほうが、本来おかしな話なのである。

ここはまずもって、合同チーム結成おめでとう、健闘を祈りますと言うのが平和を願う者なら誰しもが見せるべき態度ではなかろうか。そうしていたら、この平昌オリンピックでこんなにも「文ちゃんオリンピック」だとか「北朝鮮に乗っ取られた」などという心ない雑音は起きなかったであろう。つまり政治的だったのはむしろ外野のほうだったということだ。

アメリカと日本は「ほほ笑み外交にだまされてはいけない。もっと圧力を強めるべきだ、オリンピックが終わるやいなや米韓軍事演習をただちに行うべきである」と声をそろえて要求したが、それはわが国の主権問題だと文大統領にかわされた。

だいたい朝鮮戦争勃発には、日本が朝鮮を日韓併合の名のもとに三十五年間にわたって支配していたという事実が少なくとも遠因としてからんでいることを忘れてはならない。朝鮮が南北に分断されたことについても、分断を画策したアメリカの極東軍事基地のある日本は後方支援をして大いに利益を上げたのではなかったか。そういう歴史的事実をいっさい棚に上げて、統一への願望に不快の念を隠さないのはあまり美しいものとは言えない。

画期的な出来事なのだから、絶対に失態のないように、招いた側の韓国としては最大級のおもてなしをもって北朝鮮を遇するのは当たり前のことなのに、アメリカのペンス副大統領は、北朝鮮特使として韓国を初めて訪れた金正恩《キム・ジョンウン》委員長の妹、金与正《ヨ ジョン》氏に挨拶一つすることもなかった。のちに「わざと無視した」などと言っているが、大人げないというよりアメリカには北朝鮮と対話する気がないことを態度で見せてしまった。

しかし、金与正氏一行は「ぜひ北朝鮮を訪れてほしい」という金委員長の言葉を文大統領に伝えて無事帰っていった。文大統領は言った。「こうして会ったことが良かったのだ。これが大事だったのだ」と。この言葉を聞いた時、私の頭には抵抗の詩人金時鐘《キム・シジョン》さんの言葉が反響ししばらく鳴りやまなかった。

「日本による植民地化以降、朝鮮民族が一つの国家に帰一したことがいまだにないんです。一つの国に帰一したことがないことがまず、朝鮮民族の心の責めとして問われている。僕にとってもまずは一つの国だ。そのためには和合が必要だという思いが強いんです。北朝鮮とは絶対、好き嫌いを別にして対話の道を見つけ出さなくてはならない。必ず風穴は開きますよ。僕の根のところには、一つに帰一したいという念願が極まったような思いがあるんです」（金時鐘と佐高信による対談『「在日」を生きる――ある詩人の闘争史』、集英社新書）

金時鐘さんの思いは韓国、北朝鮮両国に生きる朝鮮人みんなの思いであろう。朝鮮半島に住む朝鮮人の全員が、金時鐘さんと同じように強い帰一願望を持っていることを私たちは想像してみる必要があるのではないだろうか。オリンピックの政治利用だなどとさんざん言われたが、まさに千載一遇の機会をとらえて、北朝鮮をオリンピックに参加させ、ほんの束《つか》の間の夢だとしても、北朝鮮との合同チームを結成し、南北統一の瞬間を作り出したことは文大統領の快挙だ。ここからなにかが始まって、風穴が開かないとは限らないではないか。開会式で聖火台への階段を南と北の選手が二人してトーチを運びつつ上っていく姿をテレビで観ていて、金時鐘さんはきっと胸を熱くしていたに違いない。私までも目が潤んだ。

金時鐘さんは一九二九年釜山《プサン》市に生まれる。一時、元山《ウォンサン》市の祖父のもとに預けられ、その後、済州《チェジュ》市に移り住む。

小学校では苛斂誅求《かれんちゅうきゅう》を極める皇国教育を受け、天皇陛下の赤子《せきし》となることを己に誓い、内鮮一体や八紘一宇《はっこういちう》、大東亜共栄圏を丸ごと信じる皇国少年として成長する。そんな少年が解放後、ハングルもろくに書けないまま朝鮮人に戻される。この時の、日本から置いてきぼりを食わされた感覚が、形を変え色を変え、様々な変容を見せながら、金時鐘という詩人を作りあげていく。この後の波瀾《はらん》万丈をはるかに超えた金時鐘さんの人生はその著書『朝鮮と日本に生きる』（岩波新書、大佛次郎賞受賞）に詳しいが、今ここで触れる余裕はない。

一九四八年の済州島四・三事件で九死に一生を得、日本へと密航船で渡ってきた。金時鐘さんの精神は日本と朝鮮、北朝鮮と韓国、韓国と日本、日本と在日、といった形で二つどころか三つにも四つにも五つにも引き裂かれている。その痛みと悲しみを抵抗の詩にまで高めた例は、たとえばこれだ。

日本人に向けてしか
朝鮮でない
そんな朝鮮が
朝鮮を生きる！
だから俺に朝鮮はない。
開ききった瞳孔の
映像を宿したかげりだけだ。

つまり俺が
影なのだ。

——『猪飼野詩集』より「日日の深みで」

金時鐘さんの精神を分裂させたのはほかならぬ日本であり、そこから金時鐘さんは自らの魂と言葉によって伝説的な抵抗の詩人となった。日本人である私はこの詩を平常心で読むことができない。

映画『タクシー運転手』と光州5・18

　韓国で一千二百五十万人を動員したという評判の映画『タクシー運転手―約束は海を越えて』（チャン・フン監督、ソン・ガンホ主演）を遅ればせながらシネマート新宿で観てきた。評判にたがわぬ出来栄えであり、見事なヒューマン映画ではあったが、正直言うとなにかもう一つ物足らなかった。

　ある外国人を光州まで乗せていって、通行禁止になる夜十一時までに帰ってくれば十万ウォンもらえるという話を小耳にはさんだ個人タクシー運転手のキム・マンソプ（ソン・ガンホ）は待ち合わせ場所に先に乗り込み、その客を横取りして光州へ向かう。乗せたのはユルゲン・ヒンツペーターという名のドイツ人ジャーナリストだった。ヒンツペーターは日本特派員の記者であったが、同業者と雑談している時、韓国で何か大変なことが起きているらしいという情報を得る。日本ではニュースにもなっていない。これはなにかある！　ピンときたヒンツペーターは飛行機に飛び乗り金浦空港に向かった。空港を出たところで予約していたタクシーに乗ったつもりが、キム・マンソプのタクシーだった、というのが事の始まりである。

料金には通訳料も含まれているのであるが、アラブに出稼ぎに行ったことのあるキム・マンソプは片言の英語でごまかしつつ、思わぬ儲《もう》け仕事に胸はずませて光州へと急ぐ。だが来てみると様子がおかしい。バリケードが張られ、通行禁止状態である。バリケードをかいくぐり突き進むと兵隊たちが道をふさいでいる。

この二人が光州に着いたのは五月二十日であった。保安司令官の全斗煥《チョン・ドゥファン》が全国に戒厳令を布告したのは五月十七日であり、光州にたいしては特に厳重であったから、この状況は当然なのだが、タクシー運転手キム・マンソプは恐怖を感じつつもなにがなんだか分からない。ヒンツペーターは、やはり異常事態が発生していたかと記者魂を燃やす。彼は「私はドイツのVIPだ。通さないとあとで問題にするぞ」と兵隊たちを脅しすかして、なんとか光州の中心街までたどり着いてみると、彼らの目の前には惨憺《さんたん》たる光景が広がっていた。「光州5・18」作戦命令はすでに実行されていて、最精鋭の陸軍空挺《くうてい》部隊の兵士たちによる無差別市民弾圧はすでに始まっていた。

ヒンツペーターは早速カメラを回し、生々しい暴力場面を次々と撮りはじめる。もちろん硝煙弾雨の中でである。彼がこういう行為をとれたのは光州のタクシー運転手たちの協力があってこそだった。

ラジオもテレビもなに一つ真実を伝えていない。韓国という国はもはや軍部に乗っ取られている。民主自由を愛する光州全市民は暴徒と呼ばれ、アカのレッテルを貼られて虐殺されようとしている。この現実をなんとしても世界に知らしめてほしいというのが彼らの切なる願いだった。

翌二十一日も、兵士たちは無防備な市民たちにガス弾を打ち込み、棒で殴り、銃弾で殺傷する。機関銃まで使われる。病院は負傷した市民であふれ、死体を納める棺《ひつぎ》の数も間に合わないほどの人が殺される。

ヒンツペーターは涙ぐみつつカメラを回す。兵士たちはこのドイツ人記者を目にとめ、そのフィルムを奪取せんとする行動を起こす。ここから恐怖の逃避行がはじまる。兵士たちは三台の黒いジープで追跡してくる。彼らはピストルで容赦なく撃ち込んでくる。キム・マンソプはおんぼろタクシーを懸命に走らせる。もはやこれまでと思われた時、突如、無数のタクシーが現れ、目くらましとなって、キム・マンソプのタクシーを救出する。それでもなお追跡をやめない陸軍の黒いジープ。その時、光州タクシーのリーダー格の男（ユ・ヘジン）が「ここは俺にまかせておけ。お前たちは先を急げ！」と言って、車を逆走させ陸軍のジープに体当たりしていく。

追跡は終わった。ドイツ人記者を乗せて金浦空港をめざすキム・マンソプ。

日本に無事帰ったヒンツペーター。彼が命がけで撮った衝撃の映像は世界に流され、「光州事件」が初めて世に知らされた。

この映画は事実に基づいているがゆえに感動も一段と深い。ドイツ人記者のジャーナリスト魂の凄さ、一般人の善意と勇気ある行為については心打たれるのだが、肝心の「光州事件」の片鱗《へんりん》しかのぞけないのがもどかしい。つまりドイツ人記者が見た二日間しか描かれていないのだ。

「光州事件」について知らない人は「いったいなにがあったんだ」という訳の分からない思いにさせられてしまう。

光州事件（死者154人、負傷者3208人）という民衆の抵抗への虐殺事件が韓国の民主化運動の嚆矢《こうし》として位置づけられたのは金泳三《キム・ヨンサム》が大統領になった一九九三年になってからのことだ。そして歴史的評価の仕上げとなったのは一九九六年に全斗煥と盧泰愚《ノ・テウ》を逮捕したことである。

虐殺と拷問の凄まじさは目を覆うほどであった。

八二年十月、警察に取り調べを受けていた全南大生が収監中の断食闘争の果てに死亡した。

その死を、詩人の金時鐘氏はこう刻む。


食を断ち／脅《おど》しを断ち／不実を断って／生命を断った。／萎えて死んだ死ではなく／飢えたあぎとへ圧制の腐肉をくれてやった死だ。／死にもまた死を拒む死が歴然としてあるのだ。／（略）／国がまるごとの闇にあっては／牢獄はにじむ光の箱だ。

——「噤《つぐ》む言葉」より

光州事件から三十七周年の二〇一七年五月十八日、5・18民主化運動記念式典において文在寅大統領は、「わが政府は光州民主化運動の延長線上に立っています。光州の英霊たちが心安らかに休めるように成熟した民主主義の花を咲かせます」と演説した。いい言葉ではないか。韓国の民主化は遅れたが、しかしそれは自力で勝ち取ったものなのである。

Wカップとロシア民衆の魂

サッカーのFIFAワールドカップ・ロシア大会が始まり、開催国のロシアが二連勝、スーパースター選手のクリスティアーノ・ロナウドがいきなりハットトリックを決めたかと思うと、日本が格上のコロンビアを2対1で破るなど、号外が出るほどの盛り上がりを見せている。普段はあまりサッカーを観ない私だが、ワールドカップだけは毎回楽しんでいる。なにしろ、ロナウド、メッシ、ネイマールなどその年収でゴッホの『ひまわり』（約五十億円）を二点買ってもまだお釣りがくるというような選手が華麗なパフォーマンスを見せてくれるのだから。

この綺羅星のような選手たちが連日登場するワールドカップはまさにサッカーの殿堂と言っても過言ではなく、場所がロシアということもあって、私は前世紀末に訪れたエルミタージュ美術館をつい思い出す。そこでロシアについて少し話したくなった。

思えばロシアは奇妙な国だ。「タタールのくびき」（モンゴルによるロシア支配）によって身動きのとれない時代が二百年以上もつづいた。モスクワ大公国がモンゴル支配を脱したのは一四八〇年のことで、その後、イワン雷帝の苦難の時期は割愛するとして、ロシアをロシアたらしめたのはなんといっても、ピョートル一世(大帝、一六七二―一七二五)であろう。彼はまさに巨人的英知と行動の人で、一六九四年に母が死去すると実権を握り、ロシアの近代化と富国強兵を猛烈な勢いで実行しはじめた。一六九七年から一年半、約二百五十人の使節団を全ヨーロッパに派遣し、軍事、科学、経済、内政、通商、医学、歯科医療、天文学、博物学、大学、図書館、武器弾薬製造などについて学ばせ、自らも変装してアムステルダムの東インド会社の造船所で船大工として働いて造船技術をつぶさに学び、武器弾薬や物産品を大量に買いこんで帰国し、今度は約千人の軍事技術の専門家を招聘《しょうへい》して、その知識をロシア人に習得させた。その間、大北方戦争と呼ばれるスウェーデン戦に勝ち、オスマンとも戦って一旦は負けたが結局は勝利し、ペルシャとも戦ってこれに勝ち、一七二五年にはヨーロッパの主要二十カ国が駐ロシア大使を置くまでになった。戦争がうちつづく中、ピョートル一世はパリに追いつけ追い越せとばかりに、荒れ果てた沼地であった場所に、一七〇三年五月二十七日、サンクトペテルブルクという世にも美しい人工都市をつくり上げてしまった。そして一七一二年、モスクワからこの地へ遷都が行われ、ロシアは名実ともにロシア帝国となったのである。

とはいえロシアの近代化はヨーロッパ諸国に比べて大いに遅れた。ヨーロッパ中世のような極端なカトリック支配がなかったかわりに宗教改革もルネッサンスもなかった。ダンテやダ・ヴィンチのような大天才の出現もなかったし、ラブレー、モンテーニュ、エラスムスといったユマニストも育たなかった。バロック時代もなかった。つまりロシアという国は十八世紀になって突如世界史に割って入ってきたとてつもない大国だったわけだ。

ピョートル大帝の遺志を継いだのはエカテリーナ二世（大帝、一七二九―九六）である。その情熱は狂気をはらむがごとくであり、政治的判断力と実行力は誤ることがなかった。知性においても優れていた。一七二四年に創設された科学アカデミーを文化国家の象徴としてととのえ、ヴォルテールやディドロといった啓蒙思想家たちを次々と籠絡《ろうらく》しロシアの〝広報担当〟にしてしまった。このことによってヨーロッパにおけるロシアのイメージは手の平を返すように良くなった。一七五四年に王宮としてエルミタージュ（冬宮）が完成、エカテリーナ二世の時代の一七六四年に冬宮の一角にエルミタージュ美術館の元となる展示室を増築した。

さて、ここからエカテリーナ二世による猛烈な美術品蒐集《しゅうしゅう》が始まる。啓蒙思想家を通じて作り上げたネットワークがそれに協力し、ヨーロッパの古美術や特級傑作がどんどん買い占められた。絢爛豪華を通り越したまさに贅《ぜい》を尽くしたエルミタージュ美術館の各部屋に、名だたる傑作が所狭しと並べられている光景は世界でも比較できるものがない。その中には『ブノアの聖母』（ダ・ヴィンチ）、『コネスタビレの聖母』（ラファエロ）、『ダナエ』（ティツィアーノ）、『リュートを弾く若者』（カラヴァッジオ）など垂涎《すいぜん》ものがあるのだ。

当時のロシア王宮ではフランス語で会話を交わすのが常識であった。それほどフランスを崇拝していたのだ。ところがそのフランスに革命が起きて王と王妃がギロチンの露と消えた。これに驚いている間もなく、一八一二年には皇帝となったナポレオンがロシアに侵攻してきた。向かうところ敵無しのフランス軍の侵略に震え上がったが、かろうじてその冬、ナポレオン軍を撃破し、フランスまで追跡していった。そこで、ロシアの軍人貴族たちが見たものは「自由・平等・友愛」を旗印としてすっかり生まれ変わった新しいフランスであった。まだ農奴制にどっぷりとつかっていたロシアの貴族たちは自分たちの古い体制を大いに恥じた。彼ら貴族たちは早速「デカブリストの乱」（一八二五年）を起こした。これはすぐに鎮圧されたが、一九一七年、ついにロシアの革命思想が結実した。ソヴィエト大革命である。

この一連の流れの中に共通するものはヨーロッパに見習い、文化国家たらんとする知性への燃えんばかりの情熱であった。それがあったればこそロシアは文学、演劇において、また音楽、オペラ、バレエにおいて、美しい街造りにおいて、目をみはるような大発展を遂げたのである。スターリンの死（一九五三年）によってソヴィエトは大きく方向転換し、あげくソ連そのものが崩壊し、ロシアは今、健全財政を誇る近代国家になった。ワールドカップの自国開催を誰よりも喜んでいるのはきっと泉下にあるピョートル大帝とエカテリーナ大帝、そして何より、自国の文化的な伝統に支えられ、それを誇りとするロシア民衆の魂であろう。

Wカップのフランス優勝はもう一つのフランス革命だ

ＦＩＦＡワールドカップ２０１８ロシア大会はフランスチームの優勝で終わったが、その時の印象について述べたい。

フランスチームの優勝が決まった日がフランス革命記念日（七月十四日パリ祭）の翌日だったということもあってか、パリのシャンゼリゼは異常な歓喜につつまれた。大勢の市民が繰り出し、抱き合い、笑い合い、車はクラクションを鳴らし、夜通しお祭り騒ぎがつづいた。エッフェル塔や凱旋門《がいせんもん》が三色にライトアップされ、「これがフランスの未来だ！」と群衆は叫びあった。凱旋門の上から眺めると、あのシャンゼリゼ大通りが見はるかす限りびっしりと群衆と三色旗で埋められている。中には暴徒と化した者たちもいたが、それぐらいのことはあって当然だろう。この日は移民たちの勝利でもあり、移民規制を強化したい者たちにとっては手痛い敗北だったのだから。しかしなんといっても有無を言わせぬ光景は街中が肌の色の違う人々すべてによって振られるフランス国旗の三色で埋まったことだ。これが素晴らしい。マルセイユでもボルドーでも、フランス国中でこれと同じことが起きていたのである。

この熱狂的歓喜はもはやワールドカップ優勝の喜びを超えている。フランスは二十年前にも優勝していて、その時との比較動画がネットで見られるが、今回の優勝がいかに凄い出来事だったか一目瞭然である。群衆の密度は今回の半分にも満たないし、シラク大統領はにたりと笑っているが歓喜にはほど遠い。主将のデシャンはトロフィを手になにやらキョトンとしている。それに比べて今回はどうだ。優勝した瞬間の、マクロン大統領のあの喜び方！　まるで歴史的快挙を成し遂げたかのごとき爆発的歓喜の表現だ。

歴史家はフランス革命を世界史の中で最も重要な出来事の一つと見なしているが、その理由は十八世紀フランスにおいて啓蒙主義のルソー、ヴォルテール、ディドロ等が提唱した「自由、平等、友愛」の精神が、その後の地球上のさまざまな国に行き渡り、影響を与えているからにほかならない。民主主義という言葉の中には「自由、平等、友愛」の理念が塗りこめられ、人権の尊厳、主権在民、多様性の尊重、信教の自由、表現の自由、幸福追求の自由、福祉の充実、人種差別ならびにあらゆる差別の否定、戦争反対、平和主義等々すべて出所は同じである。

ベートーヴェンはフランス革命とその精神に感動し、その後のナポレオンの度重なる戦争と勝利を、フランス革命を改めて世界に広げる英雄的な行為と受け止めた。そこでナポレオン賛歌としての『交響曲第三番』を作曲し、その題名を『ボナパルト交響曲』とし、表紙にその名を書いた。しかし一八〇四年、ナポレオンは自ら皇帝に即位した。それを知ったベートーヴェンは激怒し「奴《やつ》も俗物に過ぎなかったか」と言って、その総譜の表紙を破り捨てた。それが『英雄交響曲』である。

が、ベートーヴェンの「自由、平等、友愛」の精神にたいする共感は変わらずつづき、ついに『交響曲第九番―歓喜の歌』として結晶する。その『歓喜の歌』が一九七二年に「欧州の歌」となり、今や事実上『EUの歌』となっている。EUがフランス革命の延長線上にあることの揺るがぬ証拠であろう。

フランス革命は一七八九年七月十四日に勃発した市民革命であり、アンシャン・レジームは崩壊し、一七九二年九月には共和制が成立したが、一八〇四年にナポレオンが皇帝となったことによって第一帝政が始まった。そのナポレオンを失脚させてブルボン王家のルイ18世が王位につき一八一四年に王政復古がなった。その後につづく歴史が目まぐるしい。一八三〇年には七月革命が起き、七月王政と称する立憲君主制となるが、一八四八年再び市民革命が起きて第二共和制となり、また第二帝政が始まり、一八七〇年になってようやく第三共和制となった。その後は第四共和制、第五共和制とつづいて今日に至ることになる。フランスは革命を現実のものとして定着させるためにすでに二百年を要していて、それをさらに推し進めるためにEU(欧州連合)の旗振り役を買って出ている。現在加盟国28(イギリスは離脱手続き中)。これらの国々はいわば一つの国でありもはや戦争はないのである。

バルザックは一八三四年、七月王政の最中《さなか》にこう言い切った。

「現代の主君とは民衆に他ならない。……革命はフランスの国土そのものなのです」

（『十三人組物語』第二話「ランジェ公爵夫人」）。

この予言の通りに歴史は進み、今日に至っている。バルザックが見抜いていたのは、「自由、平等、友愛」の精神を普遍の価値観として理想へのあくなき前進をつづけるフランス人の情熱であろう。

優勝の翌日、マクロン大統領はエリゼ宮を開放して、名もなき一般市民たちを分け隔てなく迎え入れた。そして言った。「この勝利はみなさんのものです」と。いい景色ではないか。そして選手たちが帰国するやすぐに凱旋パレードをやった。数十万人がシャンゼリゼ通りを埋め尽くし、凱旋門の上空を飛行機が三色の煙を噴出しながら飛んでいく。市内の地下鉄の駅名もヒーローたちの名前にちなんだものに変更され、シャンゼリゼ駅はデシャン監督にちなんで「デシャンゼリゼ駅」となった。エリゼ宮前では大統領と選手たち、そして群衆が肩を組んで国歌「ラ・マルセイエーズ」を歌い、狂乱の歓喜は二十四時間つづいてもなおおさまらなかった。

ちょっと意地の悪い新聞が選手たちの名前の下にその出身国の旗を記したが、選手たちはそれをすべて否定してフランス国旗に書き換えた。「われわれは自由・平等・友愛の世代だ。われわれは黒でも白でもアラブでもない。ブルーなんだ」と宣言した。ブルーはフランスチームのチームカラーであるが、それは三色旗の意味「赤は友愛、白は平等、青は自由」でもある。フランスの優勝はもう一つのフランス革命でもあったのだ。

ニコラス・ウィントンと669人の子供たち

ドキュメンタリー映画『ニコラス・ウィントンと669人の子どもたち』（マテイ・ミナーチュ監督、二〇一一年、チェコ・スロバキア合作）は二〇一一年モントリオール世界映画祭最優秀ドキュメンタリー映画賞に輝いた作品である。第二次世界大戦前、旧チェコスロバキアでナチスの危険に瀕《ひん》する669人のユダヤ人の子供たちを救出したニコラス・ウィントンという無名の男性の隠された偉業を追跡するドキュメンタリーである。歴史的な実写フィルムと再現ドラマを交え、彼の善意の行動とその後の影響を追う。

ニコラス・ウィントンはドイツ系ユダヤ人の子として一九〇九年ロンドンに生まれ、キリスト教の洗礼を受ける。仕事は証券マンで、大不況の時に大きな利益を上げ大成功。政治にも宗教にもあまり関心はないが、ヒトラーの将来に関しては疑問を抱いていた。

ウィントンは独身でまだ二十九歳、遊びたい盛りである。クリスマス休暇にスイスでスキーを楽しもうとしてその準備に忙しい。そこへチェコスロバキアの友人から電話がかかってくる。

「今、チェコでは、親たちと一緒に迫害を受けようとしている子供たちが大勢いる。ニコラス、この子たちを助けにきてくれ」

友人からのたった一本の電話が、ニコラス・ウィントンの人生を変えた。ウィントンはそれまで慈善活動めいたことをしたこともなかったし興味もなかった。なのになぜ、こんな危険な行動をとってしまったのか。ウィントンの体に流れるユダヤの血が騒いだのか。それは違うと思う。なぜなら、子供たちがたとえユダヤ人でなくともウィントンは同じ行動をとったであろうから。ならば、あとはウィントンの心に住む善意の天使の意志に突き動かされたとしか言いようがない。

ウィントンはチェコのプラハへ飛び、そこで想像以上に激しいナチス・ドイツによる迫害を知り、難民収容所におけるユダヤ人の絶望的な状況を知った。

一九三八年、ナチス・ドイツは着々とその領土を拡大し、オーストリアを占拠し、今度はチェコスロバキアのズデーデン地方の割譲に成功する。プラハの街にナチス・ドイツの軍隊が入城する。右手をあげたヒトラーが目の前に現れる。もはや時間がない。

さて、なにからどう始めたら良いのか。

どこから聞き付けたのか、ウィントンのホテルのドアの外には、子供を助けてもらいたいと願う母たちが大勢つめかけている。

まず、ウィントンは子供たちの写真を撮った。名前、年齢、性別、家族構成などを書いて番号をつけノートを作成していった。スタッフは秘書と自分の二人だけだ。それを毎日やる。資料作りの次は、実際の輸送にとりかかるのであるが、これが難事である。

ロンドンに取って返したウィントンは各国の大統領や首相に手紙を書くが、まったく無視される。最後の頼みは母国イギリスであるが、母国イギリスでさえ、移民受け入れはもはや飽和状態で活動の援助はできない。が条件がある。子供一人につき五十ポンドの保証金。絶対に信頼のおける里親を見つけること。難民受け入れ費用および輸送費用やイギリス滞在費用、その他一切の費用は自分が負うこと。その上でなら、子供たちのイギリスへの輸送を認めようというものだった。一人五十ポンドといえば戦時中の換算なら三十五万円ほどである。莫大《ばくだい》な費用になるが、ウィントンはこの活動に全財産をなげうっても悔いはないと考えていた。

とにもかくにも内務省から、子供たちのイギリスへの輸送許可を取った。ウィントンはいかにも公的な機関であることを装い、「チェコスロバキア難民対策・英国委員会・児童課」という名称を名乗り、印鑑も作った。あとは実行するまでだ。しかし、ことは切迫している。ナチスの猛威はヨーロッパ全土をわがものにせんとするほどの勢いだ。戦闘の足音がどんどん高鳴ってくる。

首から番号札をぶら下げた子供たちをウィルソン駅（現・プラハ本駅）から列車に乗せる。この時の光景ほど心打つものはない。親と別れることを恐れ泣きわめく子供、泣いているわが子を手放す母親。たぶん自分たちの命は失われるであろう。しかし、子供の命だけはなんとしても救わねばならない。子供がイギリスのどこへ行くのか親たちは知らない。それでもなお子供の命を他人に託さずにいられないという状況。そんな極限の世界で賢明な判断を選んだ親たちの表情は高貴に輝くようだ。

列車は怖くて暗いドイツを抜け、太陽の輝くオランダを通る。英仏海峡を客船で渡る。そしてついにロンドンに到着する。

駅にはウィントンがあらかじめ交渉し、確認し、サインまでもらった里親たちが迎えに来ていた。この時、子供たち全員がもれなく里親のもとに引き取られていった。

一九三九年九月、ナチス・ドイツはポーランドに侵攻し、ついに第二次世界大戦が勃発。ヨーロッパ中が戦火と緊張につつまれた。一千人の子供を救出しようと考えていたウィントンの活動も中断するしかない。ウィントンは空軍パイロットとなり、戦地に飛び立った。

五十年経《た》った一九八八年、ウィントンの妻が屋根裏で一冊のスクラップノートを発見する。そこには子供たちの写真と名前、里親の住所氏名までしっかりと書かれてあった。

この話がテレビ局に伝わり、番組が制作されることになった。

ほかの理由でスタジオに呼び出されたニコラス・ウィントンは客席に座っている。

しかし、この日スタジオに来ていた三百人近い人々はみな、五十年前に、ウィントンによって命を助けられた人たちなのだ。子供たちはすでに老人になっているが、五十年経って初めて「命の恩人」を知ることができた。

ウィントンが助けた669人の命の樹はいまや5700の大きな森になっている。命の尊さに打たれ、涙がとまらなかった。

栃ノ心、薔薇色のヘラクレス

大相撲初場所はジョージア出身の栃ノ心（西前頭三枚目・春日野部屋）の優勝（十四勝一敗）で終わった。外国人力士の優勝にもかかわらず、全国の大相撲ファンはその優勝を心から称賛した。こういう温かい光景は初めて見るもののような気がする。一九七二（昭和四十七）年、前頭四枚目の高見山が外国人力士として初めて優勝した時は、高見山の人柄にたいする人気も手伝ってそれはそれは大騒ぎであったが、今回の栃ノ心の優勝への驚きと称賛は意味合いがまったく違うように思える。大相撲ファン全員が納得せざるをえない強さを栃ノ心が十五日間にわたって見せつけてくれたことへの感服と敬意に日本中がうなっているといった感じだ。そんな素直なファン心理が心地好い。

かつて、彼が幕下筆頭で勝ち越しを決め、十両に上がってきた時（二〇〇八年）、私はすでにして栃ノ心の大ファンであった。私はこんな力士を待っていたのだ。アンコ型だとかソップ型などといったそれまでの力士の体型と違う、真に力を秘めた、ギリシャの剣闘士のような力士の出現、そう、千代の富士を一回り大きくしたような力士、それを私は待っていた。そうでなければ、大相撲が世界に門戸を開いた意味がないではないか。それがついに現れたのだから私は興奮した。

初土俵から入幕まではたった二年弱というスピード出世。この勢いはどこまでつづくかと思われた時に、二〇一三年、やはり怪我《けが》に見舞われた。「右膝前十字靭帯《じんたい》断裂、右膝内側側副靭帯断裂」という大怪我で、二カ月の入院。六十枚目まである幕下の五十五枚目まで落ちた。これ以上落ちたら幕下付出か三段目である。もう引退するしかないと考えた時、「辞めようなんてばかなことを考えてるんじゃないだろうな。お前はあと十年、相撲を取るんだよ。取らないと意味がないんだ」と春日野親方に言われ思いとどまった。

二〇一四年三月場所で再起し七戦全勝で幕下優勝。五月場所も西幕下六枚目で全勝優勝で十両に復帰し、七月場所で十両優勝。

「やめなくてよかった。次にめざすは幕内だ」

九月場所も十五戦全勝で十両優勝。幕内復帰してからも怪我やインフルエンザに悩まされ、上がったり下がったり、思うにまかせぬ相撲がつづいたが、昨年十一月場所直前に長女が誕生。アナスタシアと名づけた。

この長女の誕生が栃ノ心の心境に大きな変化をもたらしたと私は勝手に考える。ジョージアは黒海に面した人口372万人の小さな国である。栃ノ心が生まれたムツヘタという町は紀元前六世紀から歴史にもまれた古都である。古い教会はあるが近代的建物はまったくない。美しい田園があり、土の道が家々をつなぐ、おとぎ話に出てきそうな牧歌的な穏やかさに満ちた町である。そう、キアヌ・リーブスの映画『雲の中で散歩』の舞台となったあの町にとても似ている。今は町にある三つの建造物が世界文化遺産に登録されている。そこのワイン醸造業を営む旧家が栃ノ心の家だが、人一人が誕生したら町じゅうで大騒ぎしそうな田舎町で自分の子供が産声を上げたのである。栃ノ心の親となった喜びは私たちの想像をはるかに超えた大きなものであろう。それはきっと大地と宇宙とともにある命の喜びを両手につかんだような原初的な歓喜であろうと思う。その歓喜が神秘な力となって天から彼に降りそそいだと思えば、今場所の栃ノ心の覚醒にも納得がいくのではないか。

　時間いっぱいになって、やや急ぎ足で最後の塩を取りにいき、タオルで汗をぬぐう時、栃ノ心の巨体が薄紅色に輝く。私はこの瞬間が好きだ。この紅潮した肉体ほど勝負へのひたむきさを表現しているものはない。こんな栃ノ心を見るたび、私はジャン・コクトーの言葉を思い出す。

「力士たちは若い薔薇色のヘラクレスで、システィーナ礼拝堂の天井から降りてきた稀にしか存在しない種族に属しているように思われる。暗色の帯が胴に巻きつき、脚の間を通って臀を露にし、こわばった紐のスカート（さがりのこと）を腰のまわりに垂らしている。彼らが身をかがめると、この紐が後ろにそそり立って雄鶏かヤマアラシのように見える。いずれの力士も巻き髪を載せ、魅力に満ちた女性的な頭部を持っている。反り返るように頭頂に留められた髪の房は、扇の形に逆立っている」（西川正也『コクトー、１９３６年の日本を歩く』より）

戦前に日本を訪れ、藤田嗣治画伯と詩人の堀口大學の案内で国技館を訪れたフランスの詩人ジャン・コクトーは入場前に茶屋の賑《にぎ》わいを楽しみ、天井まで人で埋まった国技館に入るや巨大なサーカスのようだと言った。そして、その中でも闘う力士たちを「薔薇色のヘラクレス」と賛美したのだ。がっぷりと四つに組んだ力士の肉体が紅潮するのを見て、コクトーはまさにそう感じたのであろうが、これほどに正鵠《せいこく》を射た表現があろうか。またこれほどの賛美があろうか。

行司の装束がそれまでの裃《かみしも》に袴《はかま》から黒烏帽子《えぼし》に直垂《ひたたれ》と決まったのは、一九一〇年の夏場所からだというから、ついこのあいだのことだが、この頃から、大相撲の進行にまつわる様々なしきたりが完成されていった。それは神事と呼ばれる行事に演劇的効果が加えられていく歴史でもあった。それが今現在は、もうこれ以上手直しのしようのないくらい完成の域に達した。ふれ太鼓、呼び出しの声、拍子木の音、行司の声、軍配、力士たちの立ち居振る舞い、すべてに日本芸能の知恵と美意識が凝縮されている。ジャン・コクトーはそれら全体を観て大相撲に強い感動を受けたのだ。

さて近い将来、金髪の大銀杏を結った栃ノ心が横綱をつけて、薔薇色のヘラクレスとして土俵入りをするような時が来たら、その時こそ大相撲は国技であることを超えて、世界の人々が喝采を送らざるをえない躍動する美しき文化として大輪の花を咲かせるだろう。

プーチンとストーンは同種の人間か

ロシア大統領ウラジーミル・プーチンが日本時間二〇一八年三月十九日、大統領選に勝利し再選を果たした。投票率67％で、76％という史上最高の得票率を獲得した。

エリツィン大統領の時には首相（一九九九―二〇〇〇）を務め、そのあとすぐ二〇〇〇年に第二代大統領に就任し、二期務めて、退任の翌日に首相に就任し、第三代大統領はメドベージェフにやらせ、大統領の任期を四年から六年に延長することを決めさせ、二〇一二年に二度目の再選を果たして大統領に返り咲くという離れ業をやってのけた。そして今回の再選である。このまま行けば二〇二四年までプーチン政権はつづくことになる。

二〇〇〇年から、途中首相時代はあったとしても、ロシア国民は延々とプーチンを国家の指導者としてあおいでいることになる。が、プーチンの強権政治に不満をかかえる人たちがいないわけではなく、そういう人たちの動きはいつもくすぶりつづけている。だからなおのこと、プーチン氏は得票率にこだわったのであろう。強権政治によりいっそうの拍車をかけるために、と氏は言わないが本音はそうであろう。その目標は達成した。さて、これからどんな世界戦略を見せてくれるのであろう。と気になるところへおあつらえのような本が出版された。

『オリバー・ストーン オン プーチン』（土方奈美訳、文藝春秋）である。二〇一五年から二〇一七年まで、四度クレムリンを訪問し、長時間のインタビューの末に出来上がったドキュメンタリーの書籍化である。

またオリバー・ストーンは映画『プラトーン』や『JFK』などの監督であり、『もうひとつのアメリカ史』を著して、アメリカ政府に対して遠慮会釈なく不満をぶつける硬派の映画監督として有名ではあるけれど、読んだ感想を素直に言わせてもらうなら、なんだかなあ、プーチンには甘いんだなあ。だからこの本がアメリカで「プーチンのプロパガンダ本じゃないか」と言われるのもむべなるかな、なのだ。なにしろ、なにごとにつけプーチンの論理的な説明によってロシアが正当化される。いつもプーチンの言いたい放題の言いっ放しだ。

一度目の訪問の三日目に、ストーンが言う。

「アメリカ人としては、七月四日のお祝いを言ってもらいたいな」。するとプーチンは「おめでとう」と言う。「独立記念日というやつなんだ」とストーン。「ああ、知ってるよ」とプーチン。オリバー・ストーンは自分がアメリカ人であり、愛国者であることを隠さない。プーチンはそれをやや鼻で笑っている。その感じが全編にわたって漂っていて、つまり、この対談はプーチンの一方的な勝利で終わっている。例えばこうだ。

プーチン「パートナー（プーチンはアメリカをこう呼ぶ）と違ってわれわれは他国の国内問題に決して介入しない。それはわれわれが堅持する原則だ」

ストーン「ならばなぜ、あなたはアメリカでこれほど嫌われているのだろう」

プーチン「（アメリカの）支配階級はロシアと闘わなければならない。ロシアを抑え込み、その成長を防がなければならないと考えている、と。国民を洗脳することが、こうした目標を達成するのに必要な政治的環境を創り出す手段の一つであるのはまちがいない。だが、そうした目標はまちがったものであり、その政策も誤りだ。新たな大統領が選ばれたら、ロシアとアメリカの関係についてのパラダイム（理論的枠組み）を良い方向に変えられるような関係を築きたいと心から願っている」

ストーン「ありがとう、大統領。また明日、お会いしよう」。

ま、こんな具合だ。

話は当然チェチェン問題に触れるのだが、核心には迫らない。なんども出てくるのだが、いつも問題をかすめて通るだけで、プーチンの意見を一方的に聞かされるはめになる。

ストーン「チェチェン紛争で最も危険な状況はいつだったのか」

プーチン「特定の時期を挙げるのは難しいよ。いわゆる第二次チェチェン紛争は、チェチェン領域の国際的武装勢力がダゲスタン共和国を攻撃したことで始まった。まさに悲劇だった。強調したいのは、これがロシア連邦軍がテロリストに立ち向かうというかたちで始まったことだ。私ははっきり覚えている。ダゲスタンの人々はロシアに出動を要請するというより、懇願していた。『ロシアにわれわれを守る気がないなら、せめて武器だけでも提供してほしい。われわれは自ら戦うから』と。首相代行だった私はこの問題の解決に積極的にかかわるべき立場にあった」

この答えの先に、私たちの脳裏に刻まれているあのチェチェンの虐殺という大事件があったはずなのに、ストーンはなにも言わないのだ。微妙な問題だから意識的に避けたという感じでもない。この瞬間、プーチンとストーンは同種類の人間に見えてしまう。

クリミア問題だってそうだ。

プーチン　「一方、クリミアでは最初に議会が投票で独立を決めた後、さらに国民投票を実施し、国民がロシア編入を支持した。すべて合理的な手続きを踏んでいる」

ストーン　「クリミア併合に対して、国連の非難決議はあったのか」

プーチン　「いや。私の知るかぎりなかったね」

この対談で気になったのはこんな会話だ。

ストーン「アメリカの安全保障には軍産複合体というシステムが存在する」
プーチン「そうだ。ロシアにも同じようなシステムがある。どこにでもあるさ」
ストーン「それを『ディープ・ステート』（闇の国家）と呼ぶ人もいる」
プーチン「どんな名前で呼ぼうが、本質は同じだ」
ストーン「希望はあるだろうか」
プーチン「希望はあるさ。われわれの葬儀の準備が整うまではね」

彼らの自負と同時に人間への不信を語っているのである。何とも怖い話だと思わないか。

『否定と肯定』、ホロコーストの真実

アメリカのユダヤ人歴史学者デボラ・E・リップシュタットの書いた『否定と肯定』（山本やよい訳、ハーパーBOOKS）を読んだ。これがまた手に汗にぎるほどに面白い。

一九九六年夏、イギリスの歴史学者デイヴィッド・アーヴィングがデボラ・E・リップシュタットとその本の出版社であるペンギンブックスを相手どってロンドンの高等法院に訴状を提出した。リップシュタットの著書『ホロコーストの真実―大量虐殺否定者たちの嘘ともくろみ』の中で「ホロコースト否定論者」呼ばわりをされて名誉を傷つけられたというのがアーヴィングの主張だった。イギリスの法廷では、名誉毀損裁判の場合、立証責任は原告側ではなく被告側にあった。アメリカとは対照的だ。アメリカでは被告側による中傷が真実でないことを原告側が証明しなくてはならない。まさにこの理由から、アーヴィングはロンドンを裁判の地に選んだのだった。

リップシュタットは著書の中でアーヴィングのことを「馬の目隠しをかぶった盲目的ヒトラー信者であり、史実を歪曲《わいきょく》し、文書を改竄《かいざん》し……歴史的な定説にまっこうから反する結論を引きだすため、データに間違った解釈を施す男」と書いた。これにアーヴィング

が噛《か》み付いたのである。アーヴィングはホロコースト否定論者、反ユダヤ主義者、ネオナチ、人種差別主義者などのグループからは熱い信望を得ているその道のいわば権威とされている歴史学者であったが、その彼が、自分は反ユダヤ主義者でもなければ、ホロコースト否定論者でもないと言って訴えてきたのだ。こんな偽学者のような言論のギャングに闘いを挑まれて逃げるわけにはいかない。しかしそれに勝つには、自説の正しさを証明するだけでは足りない。相手を完膚なきまでに論破し裁判に勝たなくてはならない。リップシュタットの闘志はたぎるが、どうしたら裁判に勝てるのか。それが分からない。

そこへロンドンの友人から朗報が舞い込む。アンソニー・ジュリアスというイギリスの一流弁護士がぜひ協力したいと言っていると。彼は『T・S・エリオット／反ユダヤ主義と文学形式』の著者であり、ダイアナ妃の離婚手続きを担当している。その彼が公益のためだから無料でもかまわないとまで言ってくれている。

彼と会う。ジュリアスは事務弁護士であって、法廷には立たない。彼は訴訟に最適な人材を集め、最強の弁護集団と最強の調査チームを作り作戦参謀を担う。イギリスの法廷にはそれなりの闘い方があるのだ。そこで彼が選んだのがイギリスの勅撰《ちょくせん》弁護士リチャード・ランプトンだ。百戦錬磨の法廷弁護士である。あとの人材もスムーズに決まった。さて、どのくらいの訴訟費用が予想されるか？　百六十万ドル（約一億六千万円）。ええっ。

ところが支援者が次々と現れる。彼女が教鞭《きょうべん》をとるエモリー大学（私立、ジョージア州）を筆頭に数々のユダヤ系非ユダヤ系の財団が連絡をとりあって、苦もなく闘争資金を調達してくれた。その中には映画監督スピルバーグの財団もあった。財団の理事長たちからリップシュタットは言われる。「アーヴィングはきみに狙いを定めたが、やつがつぶそうとしているのはユダヤ人社会全体と歴史の真実だ」「（みんなは）歴史の記録を守るために寄付してくれた」「きみのために充分な闘争資金を用意するのがわれわれの役目だ。きみの役目は戦うことだ」「最高の弁護士がついている。作戦を立てるのは彼らに任せておけばいい」

作戦の第一は被告人リップシュタットは法廷内は勿論《もちろん》法廷外のマスコミに対しても一言も意見を発してはならない。リップシュタットは驚愕《きょうがく》する。作戦の第二は、アウシュヴィッツ生存者を証人として呼ばないということだった。なぜならアーヴィングという男はアウシュヴィッツ生存者に向かって「あなたはその腕の入れ墨のおかげでいくら金を稼いだんだ？」などと言って侮辱するのが得意だ。生存者たちの尊厳を守るための措置だ。私たちは感情に訴えない。証拠と論理で闘う。従ってくれ。こうして作戦は決まり、裁判も陪審員制ではなく、単独判事制に持ち込んだ。

弁護団は全員でアウシュヴィッツのガス室跡を訪ね、その残酷さと悲しみをわが身のことのように感じることから始めた。そして、アーヴィングの全日記に目を通し、過去の講演や言動のすべてをチェックし、全著作の中に充満する間違いを洗い出した。そして……。

二〇〇〇年一月十一日、裁判の日となった。

アーヴィングが言う。「ホロコースト否定論者と言われたことで、私は黄色いダビデの星を押されてしまった」と。神聖な王立高等法院の中でもなおこんな表現をする根っからの差別主義者なのだ。

リップシュタットの勅撰弁護士ランプトンはまず第一声で「アーヴィング氏は偽学者であり、嘘つきである」と決めつけ、その理由を克明に立証していく。論理に一分の隙《すき》もない。論じられたのは、水晶の夜、ガス室の存在、ヒトラーの命令の有無など多岐にわたったが、弁護団の証拠と証人とその論理が原告側を圧倒した。裁判は数回にわたった。

四月十一日、グレイ裁判官は長い判決文を読んだが、最後の一行は、「よって、被告勝訴といたします」だった。

映画『否定と肯定』は二番館で観た。原作に忠実な力強い作品に仕上がっていた。が、「真実」に迫っていく、つまり迫真力は文章の力のほうが勝っていることを痛感した。

今日の世界は「ポスト真実」や「フェイクニュース」また「歴史修正主義」というものが跋扈《ばっこ》しているが、必ずや「真実」の勝つ日が来ることをこの実話と映画は訴えている。

ある日、ある国が、国家の名誉と民族の尊厳をかけて「真実」に迫ろうと立ち上がった時、日本に、それを説き伏せるほどの証拠と論理があるのだろうか。

映画『チャーチル』と著書『第二次世界大戦』

英映画『ウィンストン・チャーチル――ヒトラーから世界を救った男』（原題はDARKEST HOUR＝暗黒の時期、ジョー・ライト監督）を観たが非常に面白かった。まずはチャーチルを演じたゲイリー・オールドマンの迫真を超える名演技にはびっくりさせられた。それほどの演技を引き出した要因の中には特殊メイクを担当した辻一弘の神がかりのような技術があったことは疑いようがない。二人ともアカデミー賞に輝いている。

話の内容は一九四〇年の五月十日から二十八日までの間に、イギリスに何があったか。イギリス議会はなにゆえに紛糾していたか。そして、チャーチルはいかにしてそれを乗り越え、最悪の事態を回避したかということである。だが、この映画の価値は、チャーチルの著書『第二次世界大戦』（全四巻、原著は一九五三年、ノーベル文学賞受賞、佐藤亮一訳、河出書房新社）では触れられておらず、歴史書にも書かれていない新事実を私たちの目の前にまさにありありと見せてくれたことである。なぜチャーチルは書かなかったか。それは国家的機密文書は三十年間公開禁止であるという原則をチャーチルが守ったがためであろう。その禁が解かれたことにより、この映画が誕生したというわけだ。だから映画はその時のイギリスの切羽つまった状況を実にリアルに再現している。またチャーチルがこれほどまでに苦悩し、そして彼の心が揺れ動いていて、ぎりぎりまで追い込まれていたことなどいったい誰が知っていただろう。そのことを知らされるのである。

一九四〇年五月十日、ウィンストン・チャーチル（一八七四―一九六五）はバッキンガム宮殿に呼び出され、国王ジョージ六世によって首相に任命される。戦争指導者としての能力を疑われ退陣に追い込まれたチェンバレン首相の後継には外相のハリファックスが有力視されていたのだが、彼が固辞したために、チャーチルが首相の座につくことになったというのが実情であった。

しかしチャーチルにとって、そんな事情などどうでもよかった。彼は著書の中でこう言っている。

「私は長い政治生活を通じて、ほとんど国家の要職についてきたが、このとき私に課せられた職務がいちばん気に入ったものだったことを素直に認める。（中略）国家の危機にさいして、どういう命令をくだせばよいかがわかっているときには、権力は神のたまものである」

チャーチルはついに自分の出番がやってきたか、という思いでこの重職を引き受けたのである。その頃のイギリスはまさに「暗黒の時期」にあった。

ヒトラーはその領土的野心を露骨に強めていた。一九三八年オーストリア併合。ついで旧オーストリア＝ハンガリー帝国領ズデーデン地方の割譲を要求。九月、英仏独伊はミュンヘン会談を開き、正式にズデーデンのドイツ領有を認めた。次にヒトラーはチェコを保護領とし、独ソ不可侵条約を結ぶやポーランドへと侵攻した。ここにきて、閣僚につきあげられたチェンバレンは一九三九年九月三日、ドイツに宣戦布告し、フランスも対独参戦した。ついに第二次世界大戦が開戦したのだ。

「われわれはほとんど無防備のままで孤立し、勝ちほこったドイツとイタリアによって喉もとをしめられ、しかもヨーロッパ全土がヒトラーの権力におびやかされ、日本は地球の反対側から恐るべき形相でにらみつけるという情勢であった」（同書）

奇襲攻撃で始まったヒトラーの進撃はまさに向かうところ敵なし。イギリス、フランス、ベルギーなどの連合軍はいたるところでドイツ軍に蹂躙された。フランス首相は敗北を認めた。フランス軍とイギリス軍はフランス国土の北西部にまで追いつめられ、今にもドイツ軍の戦車部隊によって海に突き落とされそうな状態であった。だが、問題はそれだけではなかった。

チャーチルは著書の中で「当時の状況は非常に悪かった。重大なイギリスの生命と使命と栄光の死が迫っていたのである」としか書いていないのだが、実は国会は大紛糾していた。チェンバレンを後ろ盾とする前外相のハリファックスはイタリアを通じて和平交渉をすべきだと強調する。「そんなものはドイツとイタリアの罠《わな》だ。最後まで戦い抜く」とチャーチルは一蹴する。するとハリファックスは「危険なのは、最後まで戦い抜くというヒロイズムだ。兵士を無駄死にさせることは愛国心じゃない」と譲らない。

ベルギーも陥落した。イギリスはフランス北部のカレーに配備した守備隊を救出することもできず見殺しにした。イギリスには、もはや一刻の猶予もない状態。しかしチャーチルは、小型船や、ヨットなど民間の船舶860隻を動員して30万人の連合軍兵士救出に成功したダンケルク大撤退作戦によって、イギリス国民の勇気と誇りを身に染みて感じていた。が、勝つという保証はない。

国王ジョージ六世がチャーチルに言う。「ハリファックスは和平協定の可能性が劇的に高まったと言うが、君の意見は？」

チャーチルは「勇敢に戦って敗れた国はまた起き上がれるが、逃げ出した国に未来はない。だが徹底抗戦を支持するものは誰もいない」と弱音を吐く。すると国王は「私は君を支持する。君の首相就任を誰よりも恐れたのはヒトラーだからだ」。

五月二十八日、国王と国民という百万の味方を得たチャーチルは意気揚々と議会に向かい演説する。

「我々はやり返す。それがイギリス政府の決意であり、議会の、そして国民の総意である。いかなる犠牲を払っても祖国を守り抜く。断じて降伏はしない。勝利だ。勝利あるのみだ」

議員たちは一斉に立ち上がり同意を示す白いハンカチを振った。まさに戦争屋と言われたチャーチルの面目躍如といったところで映画は終わる。

国民を戦争に巻き込んでいく政治メカニズムの怖さに身震いするのは私だけであろうか。

映画『ペンタゴン・ペーパーズ』と英国公文書館

米映画『ペンタゴン・ペーパーズ』（スティーヴン・スピルバーグ監督、メリル・ストリープ、トム・ハンクス主演、二〇一七年）は最高に面白い。面白いだけでなく、財務省の文書改竄問題や陸上自衛隊の日報隠蔽《いんぺい》問題、また「首相案件」という言葉に集約される総理大臣の権力の私物化問題で国会が大揺れに揺れている現在の日本人必見の映画である。

ペンタゴン・ペーパーズとは一九六七年当時アメリカの国防長官だったロバート・マクナマラの指示によって作成された文書で、「アメリカ合衆国のベトナムにおける政策決定の歴史、一九四五―六六」という一見平凡なタイトルの文書であるが、内容は極めて衝撃的であった。そこにはトルーマン、アイゼンハワー、ケネディ、ジョンソンの四政権にわたって隠蔽されてきたベトナム戦争に関する重大な事実が記されていたのである。四人の大統領はベトナム戦争時のアメリカの軍事行動について国民に虚偽の報告をし、平和的解決を探っていると言いながら、軍とCIAは極秘のうちに軍事行動を拡大していた。ペンタゴン・ペーパーズには暗殺、ジュネーブ条約の違反、不正選挙、アメリカ連邦議会に対する嘘などが赤裸々につづられていた。

この機密文書の執筆者の一人である軍事アナリストのダニエル・エルズバーグは彼自身、政府に対して大いに幻滅したこともあり、ニューヨーク・タイムズに一部をリークする。

一九七一年六月十三日、ニューヨーク・タイムズが発売されると、瞬時にして大騒動となった。と同時に、政府はペンタゴン・ペーパーズの秘密を暴露しようとするエルズバーグとニューヨーク・タイムズに対する裁判の準備を急ぐ。十五日には、ニクソン政権は国家の安全保障を脅かすものだとしてニューヨーク・タイムズの記事掲載の差し止め命令を連邦裁判所に要求した。

これをきっかけとして、マイナーなローカル紙扱いを受けていたワシントン・ポストはすぐに文書の入手に動き、編集局次長がエルズバーグとかつて同僚だったことが幸いして、いち早く文書のコピーを手に入れた。それは7000頁《ページ》に及ぶ膨大なものだった。

しかし、この記事を掲載するか見送るか大いに悩むところだった。ワシントン・ポストはその頃、株式公開の準備を進めていた。亡き夫の跡を継いで経営者となっていた女性社長キャサリン（ストリープ）に重役たちは言う。政権から告訴を受けるであろう、株式公開も中止になるだろう、ワシントン・ポストの将来に大きな禍根《かこん》を残すだろうと。キャサリンの心は揺れ動いたが、最後には、それら反対意見に逆らい、編集主幹のベン・ブラッドリー（ハンクス）に記事掲載の許可を出す。

輪転機が回りだすまでのスリリングな展開。息つく間もない緊迫感で話は進んでいく。

「巨大な代償を払うことになるとわかっていても、人は重大な国家の真実を明かすために声をあげるべきか?」」。これはプログラムにある言葉だが、私たち一般国民が良心あるジャーナリストに期待しているものとはそういう態度だ。だから真実によって自由になる未来を守るため、苦悩し逡巡《しゅんじゅん》しながらもついにジャーナリストの本来あるべき姿に立ち返った二人の決断に私たちは感動する。まことジャーナリストは民主主義の守護神なのである。

ニューヨーク・タイムズとワシントン・ポストに続けとばかりに、ボストン・グローブやシカゴ・サンタイムズなど多くの新聞が機密文書に関する記事を掲載した。

この映画の最大の山場は最後の、最高裁判所の判決の申し渡しの場面にある。登場人物も観客も固唾《かたず》をのんでその瞬間を待つのだが、六月三十日、アメリカの最高裁判所は差し止め命令を無効にした。「ペンタゴン・ペーパーズの公表は公益のためであり、政府に対する監視は報道の自由に基づく責務である」というのが判決理由であった。このペンタゴン・ペーパーズ事件のすぐあとの一九七二年にウォーターゲート事件があり、ワシントン・ポストの大活躍があり、アメリカ合衆国史上初めて、ニクソン大統領が任期中に辞任に追い込まれた。今現在のアメリカはどうか分からない。少なくとも一九七〇年代の前半においては、アメリカには三権分立がかくも見事に生きていたという事実に私は今更ながら感動する。

『英国公文書の世界史』(小林恭子《ぎんこ》著、中公新書ラクレ)という本が最近出版された。この本によると、イギリスの公文書館には十一世紀（一〇八六年）イングランド王国時代の土地台帳から始まって文書など一次資料がすべて（と言ってもいいくらい）現在まで保存されているのである。中にはわれらが夏目漱石の下宿記録もあるし、シェークスピアの遺言書もある。独立時のアメリカからイギリスへの絶縁状（一七七六年）などは当然としても、シャーロック・ホームズ宛てに読者から送られてきた犯罪捜査依頼の手紙まで多数保存されている。ご丁寧にも、ロンドンの警察は「シャーロック・ホームズは実在の人物ではなくフィクションの登場人物であることをお知らせします」と返事まで書き送っている。こういう小さな文書からはじまってインドとパキスタンの分離・独立に関する文書、ベルリンの壁をめぐる亡命劇に関する文書など重要なものは厳然として保存されている。二〇一三年の法律改正により、これらの文書は「二〇年後開示」が適用されることになった。

この本では、世界主要国の公文書の所蔵量を長さで表示しているが、一位アメリカは1400キロ、二位イギリスは400キロ、三位フランスは380キロ、韓国が177キロ、なんと日本はたったの59キロである。情けないったらない。一位のアメリカでさえ、ペンタゴン・ペーパーズのような隠蔽事件が起きるのである。ましてや日本はこの所蔵量の低さである。どれだけの公文書が廃棄され、隠蔽されてきたか、思うだに慄然とする。

映画『不都合な真実』とディカプリオの黙示録

二〇〇〇年に米国大統領に立候補して共和党のジョージ・W・ブッシュに敗れたアル・ゴア元上院議員は現在は環境活動家として全世界を飛び回り、調査し、講演し、地球温暖化阻止をそれこそ声をからして提唱している（二〇〇七年ノーベル平和賞受賞）。二〇〇六年に出版され、ドキュメント映画にもなった『不都合な真実』はこれまでに人間が地球にたいして犯してきた罪を洗い出し、今ある地球の姿を白日のもとにさらしてみせた。この本と映画は世界に衝撃を与えたが、地球温暖化という現実を認めることを不利益とする諸団体が温暖化という現象自体を非現実的な幻想妄想であるとして猛反発する事態になっている。

で、二〇一七年十一月、続編ともいうべき『不都合な真実2―放置された地球』が出版され、またドキュメント映画になった。それを観、本を読んで暗澹《あんたん》たる気分になった。「私たちは今では毎日、地球の地表で40万発のヒロシマ級の原子爆弾が爆発するときに放出される熱エネルギーに匹敵するほどの余分なエネルギーを大気中にとらえているのである」という事実がもたらすすさまじい地球温暖化現象を前にして呆然とする。キリマンジャロの雪が完全に消えてしまった。北極や南極はもとより、世界中の山岳氷河は解けてなくなりつつある。海水温が上昇すると、地球のいたるところで巨大な暴風雨が荒れ狂う。大竜巻は年々数をましていく。大規模森林火災が自然発生する。海面がふくれあがり、海抜の低い都市カルカッタとバングラデシュでは6000万人が住む場所を失う。南洋の島々は水没の危機にさらされている。インドでは一日に940ミリメートルの雨が降り、1000人もの死者が出た。海水温の上昇は海水を蒸発させ海水を吸い上げ、地球の水循環を攪乱《かくらん》する。その大気が陸に到達すると雨爆弾と呼ばれる豪雨をもたらす。温暖化は地上からも水分を吸い上げていく。それによって、世界の砂漠化のスピードが一層速まっている。アフリカの南スーダンでは干ばつが大飢饉《ききん》をもたらし、大量虐殺が日常茶飯事になっている。二〇一六年インドでは400人以上の農民が自ら命を絶った。シベリアの永久凍土《ツンドラ》の下にため込まれている700万トンの炭素が永久凍土が解けはじめたことにより、不安定になり、地上に噴出してくる。その量は人為的に排出される量の十倍となる。アラスカの永久凍土も同じ状態にある。これまで寒い冬がその発生と成長を止めていたキクイムシが大量に発生し、世界の森林を殺しはじめる。アマゾンの大自然でさえ例外ではない。そして二酸化炭素が海の珊瑚礁《さんごしょう》を破壊していく。ヨーロッパでも自然は狂乱状態に陥っている。二〇〇三年にフランスなどを襲った熱波は7万人の命を奪った。二〇一五年の熱波でパキスタンでは2000人、インドでは2500人が命を落とした。むろん日本でも史上最悪の気候災害が頻々《ひんぴん》として起こっていることは日々ニュースで知るところだ。

こうして書いているだけで恐怖にかられ背中に戦慄が走る。つまり私たちの目の前にあるのは、人間文明と地球がついに最終的な形で生きるか死ぬかの対決を迫られているという現実であり真実だ。

今後、世界を旅する者は『ヨハネの黙示録』に描かれたハルマゲドンを見て回ることになるだろうとアル・ゴアは言う。

国連の平和大使に任命された俳優のレオナルド・ディカプリオは二年間にわたって全世界を視察し地球温暖化が引き起こしている破壊現象をその目で確認した。その報告書ともいうべきドキュメンタリー番組が先日二夜連続で再放送された。NHK・BS1『地球が壊れる前に―ディカプリオの黙示録』である。その視察旅行でディカプリオが見たものはまさにハルマゲドンと呼ぶにふさわしい、地球が断末魔の叫びを上げている現状であった。ディカプリオは国連で見たままを正直に報告し、もはや一刻の猶予もならないと訴える。

しかし、元凶とも言うべき化石燃料業界は「気候の危機は現実のものではない」、そして「再生可能エネルギー革命は些細なもので無意味である」などとあらゆる方法によって人々を混乱させている。「科学者の意見はまだ一致を見ていない」とか「二酸化炭素だけが原因ではない」とか「われわれが今見ているものは自然周期の一環にすぎない」とか「温暖化にたいして人間はもはや手遅れである」とか「地球温暖化はむしろ良いことだ。厳しい冬の寒さをなくしてくれるし植物の成長を早めてくれる」などと。

化石燃料業界の営業マンのごときトランプ大統領は無知と不感症丸出しの暴言をくり返

したあげく、アル・ゴアが牽引《けんいん》してついに結実した二〇一六年十一月四日に発効した「パリ協定」（196カ国が、世界の平均気温上昇を産業革命から2度、可能ならば1・5度未満に抑えるという誓約書に署名した）から二〇一七年六月一日に離脱した。これには世界の人々が悲しい無力感に襲われたことだろう。

しかしアル・ゴアの著書も映画もディカプリオのドキュメントも必死になって、まだ時間はある、まだ間に合う、とわれわれを激励してくれる。ノルウェーはクリーンエネルギーによる最終エネルギー目標は達成したという。スウェーデンは二十五年以内に全電力を再生エネルギーで賄うことを目指している。ドイツにおける再生可能エネルギーの割合は、23・4％と過去最高になった。中国は実は再生可能エネルギー発電所発電による電力消費量世界一位（二〇一六年現在）、アメリカは同二位である。心ある国は英知をふりしぼっている。「エネルギー問題は道徳的な大問題であるが、答えはすでに決まっている。私たちは人間なのだから」とゴアは言う。だが、果たして人間はそこまで信用のおけるものなのだろうか。

「もし、彼らに知恵があれば、悟ったであろうに。自分の行く末も分かったであろうに」

——『旧約聖書』申命記（三十二、29）

ドラマ『マルコ・ポーロ』とワインスタインの狂気

Netflixオリジナルドラマ『マルコ・ポーロ』が猛烈に面白い。私はシーズン1、2の全てを観たが、完全に打ちのめされている（一話一時間前後で十話完結。シーズン2まで）。なにが凄いかといって、その第一は映像の美しさである。美しさの基本は被写体にあるが、その被写体がモンゴルの大自然なのだから文句のつけようがない。見渡すかぎりのタクラマカン砂漠、その砂漠をラクダに揺られて渡る隊商の群れ、果てしない草原、幾重にもつらなる低い山並み、それが霞《かす》みつつ地平線までつづいている。所々にオアシスがあり、あとはうっすらとした草原である。そこを背の低いモンゴル馬に乗ってモンゴルの勇者たちが疾駆する。同じような形をしたゲル（羊の皮を張ったテント状のモンゴル遊牧民の家屋）が集落を造り街をなしている。そしてそれらはタタール人全体の君主であるフビライ・ハーンが住まうカラコルム（当時の都）の宮殿へとつづいている。

そしてなにより驚くのは風景の入る映像はすべて実写で撮られていることだ。どういう撮り方をしているのかは詳しくは分からない。ドローンによる撮影はもとより、最上級のカメラを最新の技術をもって駆使し、今まで誰も見たことのない映像を作りだしている。

なんたって砂漠の上にカラコルムの街をオープンセットで造り上げ、フビライ・ハーンの壮大な宮殿も見事に再現されている。もはや目を疑うほどの出来栄えなのだ。頑強な高い壁、重厚な門、毛皮と金糸銀糸で武装した兵士たち……圧倒されるような宮殿に連れていかれ王の間の絵柄のついたタイル張りの床を這《は》うようにして近づき、マルコ・ポーロと父と叔父の三人がフビライ・ハーンの足下に平伏《ひれふ》すところからドラマは始まる。

そもそもマルコ・ポーロはなぜモンゴルまで行くことになったか、そこは一応『東方見聞録』(岩波書店)に当たってみよう。

マルコ・ポーロの父と叔父の二人はヴェネツィアの商人であり、シルクロードを縦横して商売をしていた。ある日、ペルシャのバカラに着いた時、レヴァントの君主の使者が二人に言った。

「すべてのタタール人の盟主である大ハーンはラテン人(イタリア人のこと)を見たことがないから、あなた方を見たら大いに喜び、沢山の財宝を与えてくれるに違いない。私と一緒なら安全だからついて来なさい」

そこで欲にかられた二人は艱難辛苦の末にモンゴルにたどり着き、大ハーンに謁見《えっけん》する。そこで二人は大ハーンから使者としての役目を種々頼まれ、それを果たすことを約束して、一度は故郷のヴェネツィアに帰る。夫の長旅の間に妻は亡くなり、息子のマルコは十五歳に成長していた。そこで父のニコロは息子のマルコもともに旅に連れだし、約五年半の歳月をかけ、タクラマカン砂漠を越え、はるばるカラコルムへと至る。そして宮殿に通され、這いつくばって大ハーンの謁見を求め、依頼されていたエルサレムの聖墓の聖油を土産として差し出す。これがドラマの冒頭のシーンになるわけだが……。

二十一歳のマルコは頭脳明晰《めいせき》であり、何カ国語にも通じ、言葉を巧みに操って状況や風景を描写し表現する能力に長《た》けていたので、大ハーンに大いに気に入られ、父と叔父は帰されたが、マルコは側近としてとどめられ、その後十七年もの間、大ハーンの私設秘書のような形で近隣諸国を見てまわることになる。

だが、大問題がある。史実ではマルコ・ポーロが父と叔父とともにアジアに向けて出発したのは一二七一年となっている。『東方見聞録』によると、一二七一年十一月はまだバビロンのあたりでもたもたしていたことになっているから、大ハーンのもとに到着したのはその翌年かそれより後かもしれない。だが、このドラマの主たる物語は、モンゴル帝国と中国南宋との戦い（襄陽《じょうよう》・樊城《はんじょう》の戦い、一二六八―七三）であるが、『東方見聞録』にはそのことにたいする記述がいっさいなされていない。ということは、彼ら三人が大ハーンのもとに着いたのはこの戦いがすでに終わったあとの一二七四年以降ということになる。となるとマルコ・ポーロが襄陽の戦いで大活躍するこのドラマ設定は根底から崩れることになる。ところがだ、そんなことはお構いなしにドラマは堂々と進行する。その壮大な嘘がいっそ清々《すがすが》しい。

マルコ・ポーロ役のロレンツォ・リチェルミ、フビライ・ハーン役のベネディクト・ウォン、皇后ジャムイ役のジョアン・チェン、南宋の宰相役のチン・ハン、盲目のカンフー道士、百の眼役のウリ・ラトゥケフなど、みなハリウッドクラスの俳優たちだが、その演技の素晴らしいこと。美術、音楽、衣裳、小道具、照明、武闘振り付け、馬の乗り方、細部の細部までこだわった演出と撮影、日の出、落日、雲流れる空などそれらを撮るために何時間待機したことだろうと考えると気が遠くなる。完璧である。台詞は陰影にとみ、ギリシャ劇やシェークスピアの悲劇をも彷彿《ほうふつ》させる重厚さを持つ。CG処理なしで十万単位の軍隊が谷あいを挟んで対峙する場面などは圧倒的だ。それら軍隊が戦うとなると、もう迫力があり過ぎて興奮の極みにまで連れていかれる。ストーリー展開の見事さ。一話九億円という常識外の製作費。それを惜しみなく使って製作陣が挑んだものは何だろう。かつてなかった映像美の追求か。瞬く暇も与えてくれない画面から浴びせかけられるものは製作者の狂気にも似た映像への愛と神聖なる魂の奉仕だ。

ちなみにこのドラマシリーズはNetflixとワインスタイン・カンパニーの製作である。ワインスタインは今やセクハラ問題によって悪名高きプロデューサーだが、彼が製作して成功した膨大な数の名作群を思い出しつつ、このドラマの画面を見ていると、悪魔が差し出す毒酒を飲んだものにしか創造しえないものが、やはりこの世にはあるのだと思わずにはいられない。

第5章

芸能的な文芸論

野坂昭如さん、あなたこそが戦後日本の核心だ

野坂さんもついに帰らぬ人となられましたか。寂しいですね。野坂さんとのご縁ははなはだ薄く、今思えば、なんどもお近付きになる機会はあったのにと悔やまれるのですが、なぜか野坂さんが怖くて近寄れませんでした。

むかし、ぼくが作詩家としてやっと世に出た頃、ぼくを特集した番組が作られ、誰かをゲストにお迎えしたいとテレビ局に言われ、ぼくは恐れ多くも野坂さんの名前を口走ったのでした。黒眼鏡のプレイボーイ、直木賞作家として泣く子も黙る存在の野坂さんの名前をです。ところが野坂さんは出演を快諾してくださり、ぼくと騎馬戦で格闘したり、ぼくの音楽作品を指揮なさったりと大活躍をして、ぼくにエールを送ってくださいました。あの時の野坂さんのラグビーで鍛えた、がっちりとした体躯《たいく》や腕まわりの太さと肌触りが今でもまざまざと思い出されます。しかしなんといっても凄かったのは、ザ・テンプターズの騎馬に乗り、黒眼鏡を光らせて突進してくる時の真剣なまなざしです。ぼくが一瞬ふるえあがるほどでした。野坂さんはなにをやるにも大真面目、大真剣な人でした。

ぼくが『兄弟』という小説を書いて、惜しくも直木賞を逃した時、原稿用紙六枚にもわ

たる長いお手紙を下さった。これも予期せぬ出来事でした。鉛筆で一字一句丁寧に書かれたそのお手紙の中で、野坂さんは兄のような親しさと優しさをこめて拙作を褒めてくださいました。あの激励をいただいたからこそ、ぼくは次の作品に取り組む気力が湧いてきたのでした。

ああ、野坂さん、ぼくはあなたこそが戦後日本の核心であると信じております。戦後の日本は確かに平和でした。その平和は七十年もつづいております。しかし、これは本当に平和なのでしょうか。アメリカ軍の占領が今なおつづいているだけのことにすぎないのではないでしょうか。独立国とは名ばかりで、実体はいまだ被占領国であるということに国民はみな気付いてはいるのですが、なにか大きな空気の塊によって沈黙を守らされている。

野坂さんはそういう戦後日本の矛盾についてまこと歯に衣着せぬ論法で語り、また行動されました。それはあまりに真っ当であったがために、時に奇矯《ききょう》ととられ無謀とさえ見られたが、悪という巨大な歯車の獰猛《どうもう》な回転を阻止するためには、果たしてあれ以外の方法があっただろうか。それをドン・キホーテと言う人もあった。

しかしぼくは、野坂さんはむしろ『白鯨』のエイハブ船長に似ていると思っていました。だから怖かった。白鯨のモビィ・ディックにたいして、たとえ銛《もり》の一撃でも与えないではおかない。その一念がエイハブ船長の執念であり哲学であるなら、野坂さんも、戦後日本の偽物平和を作った元凶に、悪の賜物《たまもの》としての繁栄を生んだ分厚い組織の壁に銛の一撃を加えないではいられなかったのです。

　巨大な悪と闘い、悪とともに海に消えたエイハブ船長の死が美しかったように、戦後日本の偽りの平和に最後まで異を唱え、真実の平和を求めつづけた野坂昭如の死もやはり美しい。

アリと猪木と村松友視

プロレスという河原者

村松友視の近著『アリと猪木のものがたり』（河出書房新社）を感動とともに読んだ。村松氏はベストセラーとなった『私、プロレスの味方です』（一九八〇年）を世に出して以来、プロレスの見巧者としてつとに有名であるが、この度、胸の内に延々とわだかまっていた定かならぬものを、まるでその定かならぬものがついに定まったとばかりに、書き下したのがこの書である。定かならぬものとはいったいなんだったのか。それは一九七六年六月二十六日、日本武道館で行われた格闘技世界一決定戦「アントニオ猪木対モハメド・アリ」のあの世紀の一戦にまつわるわだかまりである。

この異種格闘技戦は前評判は上々であったが、いざ本番となると、猪木はリングに寝そべり、仰向《あおむ》けになって、ひたすらアリの左足の膝裏に右足の甲を飛ばすばかり、アリはボクシングスタイルで立ったまま。両者ともに決定的ダメージを相手に与えることなく、十五ラウンド戦って引き分けとなった。

それまでこの一戦を煽《あお》りたてていた新聞マスコミは、手の平を返したように今度は非難の嵐。「世紀の凡戦」「世界中に笑われたアリ・猪木ドロー」「スーパー茶番、何が最強対決」「看板倒れ、ファンどっちらけ」などなど惨憺《さんたん》たるものだった。

この時、おおかたの猪木ファンは「世紀の凡戦」のそしりを受けても仕方あるまいと、臍《ほぞ》を嚙《か》み、孤独を味わっていたであろう。が村松友視の孤独の中身はちょっと違っていた。村松友視の孤独は「世紀の凡戦」をそのまま認めたわけではなく、「その評価を打ち返す銃弾が、自分の銃に装填《そうてん》されていないことへのもどかしい自覚を」内に秘めたものであった。村松はあの一戦になにかを確実に見ていたのだ。なにしろ村松は「俺はね、見るところは見るタイプなんだよ」と小説『激しい夢』の主人公に言わしめるほどの観察者である。だから確かに見たことは見たのだ。がなにを見たのか言葉にならない。このもどかしさを抱えて四十一年、村松友視はあの試合を改めて検討してみようと思い立った。ということは、彼の銃に何発かの銃弾が装填される時期がついに来たということなのだろう。その気分を「臥薪嘗胆《がしんしょうたん》」「捲土重来《けんどちょうらい》」などと村松友視らしからぬ四文字熟語を使って言う。ならばと、こちらは「画竜点睛《がりょうてんせい》」「乾坤一擲《けんこんいってき》」を期待しつつ読む。

まず第一に、なにがどうして、WBA・WBC統一世界ヘビー級チャンピオンと東洋の一介のプロレスラーが闘うことになったのか。という疑問は誰もがいだくであろう。しかしこの本を読んでいると、アリと猪木の間には二人をつなぐ運命の赤い糸のようなものが最初からあったのではないかと思いたくなるほど宿命の気配が漂ってくる。

一九七五年四月のスポーツ新聞紙上で「東洋人で俺に挑戦するものはいないか。ボクサーでもレスラーでも空手でも誰でもいい。百万ドルの賞金を用意する」とアリが口走ったことがそもそもの発端である。この時アリは、運命の赤い糸の一方の先端を握っていたのだ。この言葉を真に受けた格闘家はいなかったが、たった一人アントニオ猪木だけは真剣に受け止めた。「三億円なんていらない。アリが一番強い？　冗談じゃない。あんな手袋つけて何が世界一だ。素手でやろうじゃないか、素手で。もちろん俺が勝つさ」。この時、アントニオ猪木も運命の赤い糸のもう一方の先端をすでに握っていたのである。

この赤い糸が徐々に手繰り寄せられていくところを入念に語りつくしたのがこの『アリと猪木のものがたり』である。村松さんの語り口がいいからなあ、興趣はつきない。

力道山（一九二四—六三）を抜きにして戦後日本のプロレスは語れない。力道山は戦後の日本人の心情を丸ごと掬《すく》い上げるようにして登場した。最初のファンは虚構と思わずに興奮した。虚構と知ってのちは虚構であるからこそ面白いと興奮した。真剣勝負だとわざわざ銘打った試合だって実態は虚構だった。それでもなお力道山は日本プロレスの王者であった。やがて日本の英雄はリングの外の実社会においても成功した実業家へと肥大化していく。となると、世間の「殺意」はむくむくと頭をもたげてきて復讐にとりかかる。案の定、力道山は出自をうんぬんされ、数々の醜聞にまみれ、あげくナイトクラブという公衆の面前で腹部をナイフで刺され、一週間後に死ぬ。

力道山の死というと、楽屋で刺された初代市川團十郎（一六六〇—一七〇四）の非業の死を私は思い浮かべてしまう。世間という見えない犯人のやることは怖い。力道山は死後も

「差別」という「殺意」にさらされ続けた。

猪木は一九四三年、神奈川県横浜市で生まれた。早くに父と死別し、十三歳の時、母、祖父、兄弟らとブラジルへ移住し、サンパウロ市郊外のコーヒー畑で過酷な労働に耐える。体は大きく、腕力も強かった。現地の大会に出場して、砲丸投げで優勝している。

一九六〇年、サンパウロ遠征中の力道山から声をかけられ、弟子入りし、日本へ帰国。すぐに日本プロレス所属のプロレスラーとなり、試合にも出場していたが、力道山の付き人もやっていた。付き人をやっていたせいで、猪木は力道山の惨劇にそば近くで接するのである。猪木は師匠の死について深々と考え、その上で自分がプロレスという河原者として差別されている世界を丸ごと抱え込み世間と対峙することを決心したのだ。

一方アメリカでは、過激な黒人解放運動指導者として知られていたマルコムXがその絶頂期（一九六五年）に暗殺された。カシアス・クレイという名のチャンピオンはマルコムXの影響のもと、モハメド・アリというムスリム名に改名した。ベトナム戦争の徴兵を拒否して、チャンピオンを剥奪され国からの弾圧を受けるが黒人解放運動家としての理念を貫いていた。

二人をつなぐ赤い糸は読者をもからめて世紀の一戦へと導いていく。

魂が交感する「黄金の刻」

時代には激しい風が吹き荒れていた。

大島渚監督や篠田正浩監督を旗手とする松竹のヌーヴェルヴァーグ映画は唐十郎、寺山修司、横尾忠則、池田満寿夫などの若い芸術家と積極的にタッグを組み、次々と問題作を生んだ。

現代アートでは中西夏之、赤瀬川原平、高松次郎、金子國義。土方巽の暗黒舞踏、安部公房の文芸作品。山下洋輔のジャズ。そして現代詩人とカメラマン、グラフィックデザイナーやコピーライターがつづく。寺山修司率いる「天上桟敷」や唐十郎率いる「状況劇場」などアングラ劇団の活躍。

異端、過激、造反といった言葉が賛辞として使われるようになり、世の中の価値観が転倒してくる。

編集者村松友視は忙しい。「紅《あか》テント」の芝居に通い、当の唐十郎の作品を文芸誌『海』に載せ、中西夏之を口説きおとして『海』の表紙絵を描かせ、山下洋輔を追っかけ、東映の仁侠《にんきょう》映画も観る。力道山以来、プロレスのファンであった村松はアントニオ猪木の時代になってもしっかりと観戦をつづけていた。

一九六九年に入ると、学生運動が「過激」のギアを一段上げた。全国の大学生たちが運動に燃えた。10・21の新宿における学生運動各派による国際反戦デーの集会にはおびただしい群衆が押し寄せた。一般のサラリーマンやノンポリの学生たちも大勢混じっており、学生運動は今しも国民的規模に拡大しそうな勢いを見せていた。

翌一九七〇年三月には赤軍派によるよど号ハイジャック事件。十一月二十五日には三島由紀夫が楯《たて》の会会員たちとともに自衛隊市ヶ谷駐屯地に乱入して、割腹自殺。一九七二年の二月の連合赤軍によるあさま山荘事件。フィクションなのか現実なのか判然としない過激な演目がまるで回り舞台のように展開する。

しかしだ。「連合赤軍のあさま山荘事件の翌日から、激しい風はぴったりと止《や》んでしまった」（『激しい夢』）。激しい風にうなされた観客は迷子となり、どこへ向かえばいいのかと戸惑う。

それに応えたのが、アントニオ猪木だ。「こんなプロレスをやっていたら、十年もつ私のプロレスの寿命が五年になるかもしれません。どんな相手の挑戦でも受けます」（村松友視『アリと猪木のものがたり』）

猪木がこの言葉を発したのは一九七三年十二月十日、東京体育館でNWF世界ヘビー級選手権試合で勝ってチャンピオン・ベルトを腰に巻いた時だ。こんなプロレスとはどういうプロレスなのか。それは「過激なプロレス」である。「そして猪木流の過激なプロレスがその表面張力をさらに突き破って〝世間〟にほとばしり出たのがモハメド・アリへの挑戦という〝暴挙〟だったのである」（同）

で、その世紀の一戦を「世紀の凡戦」と言われて歯がみしていた村松はなにが言いたくてこの本を書いたのか。

試合は引き分けであったが、猪木は勝負に勝っていたと村松は言いたかった思いもあったのではなかったか。今ならそれが言える。なぜなら確信があるからである。その確信とは。

猪木はどう勝っていたのか。反則さえすれば勝っていた。反則は負けではないのか。いや違う。世界一の強者を決める戦いなら、たとえ反則であっても、相手を打ちのめした者が勝者であるからだ。

本番の数日前、猪木のスパーリングを見てアリは驚いた。その技の切れ味と強烈さとその真剣さに。以来、アリ側から毎日のようにルール変更が持ち出された。結果、プロレスの決め技はすべて禁止となり、残されたのは、足の甲で相手の足を蹴るという一つの技だけとなった。アリとの一戦をなんとしても実現したい猪木側はすべてを呑《の》むより仕方なかった。だから、あのような光景の試合とならざるをえなかったのである

しかしだ。第六ラウンドに幻妙な真空状態の一瞬があった。ためらいの一瞬。

アリと猪木の体が触れ合い、背中合わせになり、猪木に絶好のチャンスが到来した。アリはロープに逃れたが、そのブレーク寸前、猪木がアリの顔面に肘打ちを軽く落とした。レフェリーが猪木に反則を注意する。

「実際、あれはアリにとって最大の危機だった。逆に言えば、猪木にとっては最大の勝機だった。あのシーンで、猪木はなぜ強引にアリを仕留めにいかなかったのか。そうしていれば、アリの顔面あるいは脇腹を破壊することにつながる。その反則負けは、プロレスラーとしては恥じるものではなく、プロレスラーの強さの証明につながったはずなのだ」

（同）

が村松が言いたかったのはその次元の話ではない。あの何億分の一秒という幻妙な真空状態はまさに黄金の刻《とき》だったと言いたいのだ。

試合は引き分けに終わり、「世紀の凡戦」の汚名を着せられた。村松には返す言葉もなく、延々と四十年もそのわだかまりをかかえてきたのだったが、二〇一六年にモハメド・アリが亡くなった時、追悼番組として、「アリ対猪木戦」が再放送された。

村松はむろんそれを見た。そして第六ラウンドの半ば過ぎ、まさしく四十年前に自分の目が見たとおりのことが起きた。あの幻妙な真空状態の一瞬。ためらいの一瞬である。なぜ、あそこで一気に決めなかったのか。村松友視は親しくなったアントニオ猪木に尋ねてみた。猪木の答えはこうだ。

「俺とアリの二人にしか分からない感じ」。村松はこの言葉に「リング内の二人の特権的な孤独感の通じ合い」を見て感動した。「二人にしか分からない感じ」。いい言葉だ。あの黄金の刻、二人の赤い糸はぐいと引き寄せられ、二人の魂の交感がなされたに違いないのだ。

猪木は決定的勝機を逃したが、そのことによって「世紀の凡戦」を「世紀の名勝負」として残してみせた。二人は真剣勝負を闘い抜きながら、魂の次元ではお互いを歓待し合っていたのである。それはこの上なく芸術的な境地だったのではなかろうか。

ノーベル文学賞、カズオ・イシグロの寓意

カズオ・イシグロ氏（一九五四―）のノーベル文学賞受賞、こんな嬉しいニュースはなかった。

『遠い山なみの光』（一九八二年）。長崎を舞台として、対称的に見えながらも実は二重写しでもある二人の女性の生き方を噛み合わない会話を交えながら語る。『日の名残り』（一九八九年、ブッカー賞）。イギリス貴族邸で忠実な人生を生き抜いた老執事が戦後の価値観の転換の中で、悔いのないはずなのになぜか涙を流す切ない話。『わたしたちが孤児だったころ』（二〇〇〇年）。戦前の上海租界を舞台にして、失踪した両親の行方を記憶をたどりながら追跡するミステリー。『わたしを離さないで』（二〇〇五年）。短篇集『夜想曲集』（二〇〇九年）『老歌手』など、一筋縄でいかない人生模様を描く。短編の名手でもある。『忘れられた巨人』（二〇一五年）。アーサー王の伝説時代を借りて記憶と忘却と悪についての考察をする。私はまだ以上六冊しか読んでいない。どの作品も、一つとして同じようなタッチのものはなく、その取り上げる題材に関する自在さに驚き、実に理性と品格を保った文体をかたくなに守りつづけるその姿勢には感嘆さえ覚える。作品はそれぞれ

に個性的だが、「薄明の違和感」は全体にわたって一度として消えることがない。それは日本の長崎で生まれ、六歳でイギリスに渡り、そこで大人になり、二十九歳でイギリスに帰化した人間特有の異邦人感覚には違いないが、それを文学の肌合いで終わらせることなく、「薄明の違和感」を起点として大きな円を描いてみせる。「壮大な感情の力を持った小説を通し、世界と結びついているという、我々の幻想的感覚に隠された深淵を暴いた」というノーベル賞授賞理由の言葉はまさに正鵠を射ていると思うのだ。で、六作品を読んだかぎりでは、英米文学者の柴田元幸氏が『わたしを離さないで』について「現時点での最高傑作だと思う」と言っておられるが、私も同感であるのでそれについての感想を述べたい。

一九九〇年代、場所はイギリス。主人公であり語り手でもある女性の名はキャシー・H、三十一歳。この女性が実に淡々と語る、まるで平凡な日常生活のような話は最初なんのことやらよく理解できない。介護人とか提供者という言葉が出てくるが、その意味についてはっきりと理解できないまま、ヘールシャムという名の学校のような施設に読者は連れていかれる。

まるで霧が晴れていくように情景が目の前に現れてくると、たぶん読者は、誰でもギョッとするはずだ。私はど肝を抜かれた。

ヘールシャムはクローン人間の保護と養育のための施設なのだ。施設全体で五十人ほどの、五、六歳から十六、七歳までの男女のクローン生徒たちがいて、保護官と呼ばれる職員や先生と呼ばれる教育指導者が十人ほどいる。この人たちは普通の人間である。

科学の発展は人類の倫理観を変え、自分たち人類の生存年数を延長させるために必要な臓器提供者を製造しているのだという事実を私たちは知らされる。しかも、イギリス全土でこういう施設が五十近くもあるという。これを当時のつまり作中のイギリス人は人間の理想主義がもたらした科学の結晶、希望の光と呼び、なんら疑問を抱かない。希望の光どころか、これが人間の醜悪なエゴイズムにすぎず、非人道的行為であることはもちろん、根深い帝国主義による新しい奴隷制度といって間違いないのであるが、作者のカズオ・イシグロはそのことについての意見は一切述べてない。この節度ある筆致がいっそう人間の深淵を実感させる。

クローン生徒たちは、世間から隔離され健康には細心の注意を払われながら不思議な教育を受けている。文学や哲学についても学ぶ。絵も描かされる。しかしこの教育の目的はクローン人間に果たして精神や魂があるのかということを知るための実験方法でもあるのだ。生徒たちは思春期になると、ロッジで集団生活を始め、決して妊娠する可能性のないセックスをし、そこから一般世間に「訓練」のための外出をする。そして、過酷な自分たちの使命を知らされる。それは二十歳前後から、それを必要とする人間のために臓器を提供するということだ。一度目は腎臓なのか、二度目は肝臓なのか、三度目は心臓なのか……大抵は三度目か四度目で使命を終え、死に至る。そういう提供者を介護するのが介護人であり、その介護人も時が来れば提供者となる。

しかしどこからともなく不思議な噂が流れてくる。真剣に愛しあっているカップルがもしいるなら、提供の義務を三年ほど延期してもいいという希望あふれる噂である。

真剣に愛しあう二人の生徒は、苦労の末にその噂の発信者を訪ね、真意を問うのだが。答えは「ノー」であった。そこで、語り手であるキャシー・Hは新しい決心のもと、提供者となるための精神的準備に入る。

読み終わった瞬間、私は私たち日本人を即座に思った。私たちはこのクローン生徒たちと変わらない。一九五二年四月二十八日に発効した「サンフランシスコ講和条約」があるかぎり、日本国に真の独立がありえないことを分かっていながら、真の独立を勝ち取るために憲法を改正するのだ、自主憲法を制定するのだと言い続ける人たちがいる。その人たちは、真の独立をかち得るためには、まずサンフランシスコ講和条約の停止ないし無効化を条約締結国に対して嘆願すべきなのである。そのことを忘れたふりしているのなら、イカサマ論法であろう。サンフランシスコ講和条約が締結された日、本郷の東大で学生たちは、日の丸に黒いリボンをつけた半旗をかかげ、屈辱的な講和に反対した。私たちはまだ戦後のアメリカによる支配下にあり、制空権もなく、不平等地位協定のもと、膨大な兵器を買わされている。私たちは、アメリカという帝国主義が作り出した新種の臓器提供者かもしれない。

オーウェル『一九八四年』はスノーデンの告発を予言していた

全体主義と監視社会

イギリス人作家ジョージ・オーウェル（一九〇三—五〇）の『動物農場』につぐ大ヒット作『一九八四年』（一九四九年刊）が今アメリカでベストセラーランクのトップを走りつづけている。この小説は冷戦下に発売されたこともあって英米で大ヒットし、その後も延々と読まれつづけている二十世紀を代表する作品の一つである。そこに描かれているのは全体主義の恐怖とその独裁権力によって作り出されるおぞましいほどに非人間的な監視社会だ。

これがなぜ今アメリカで爆発的に売れているのか。二〇一三年に米国家安全保障局（NSA）元職員のエドワード・スノーデン氏が米政府による世界同時監視システムを告発したあのスノーデン事件のあと、『一九八四年』は突如売れはじめたようだが、トランプ大統領誕生となって一気に加速した。「国家の安全のためならなにをしてもそれは正義である」という大統領コメントはアメリカ国民ばかりでなく世界を震撼させた。その上、この大統領は自分にとって不利益な情報はすべて「フェイクニュースだ」と断言して無視し、逆に自分にとって都合のいい偽情報をばらまき、それを「もう一つの真実」だと言ってのける。この「もう一つの真実」（オルタナティブファクト）という言葉自体が『一九八四年』から触発を受けて生まれた造語である。そのことをトランプ大統領とその側近が知らないはずはなく、知っていて使っているとすれば、ブラックジョークどころか悪質な居直りであり、恐怖政治強行宣言である。

『一九八四年』とはどんな内容の小説なのか。以下引用は高橋和久訳（早川書房）による。一九五〇年代の世界核戦争を経て、一九八四年現在、世界は三極支配となっている。イギリス、南北アメリカ大陸およびオーストラリアとが構成するオセアニア、ヨーロッパとロシアおよび北欧で構成されるユーラシア、中国、日本、韓国、モンゴルなどで構成されるイースタシアの三つの超大国によって分割統治されている。大国間にある地域、たとえば北アフリカ、エジプト、中東、インド、東南アジア、南沙諸島あたりでは絶えず紛争が繰り返されている。なんとも現在の世界状況に似ているではないか。

物語の舞台はオセアニアのロンドン。国家はビッグブラザーと呼ばれる独裁者によって率いられている。この人物の顔を描いた大きなポスターが「ビッグブラザーがあなたを見ている」というキャプションつきで至る所に貼られている。恐るべき監視社会である。

思想はイングソック（イングランド社会主義）と呼ばれているが、実態は「少数独裁制集産主義」であり、階級闘争なるものの発生することを永久に防ぎ、非自由と不平等を恒久的なものとし、そのためにこそ永久戦争は必要であるというのがその思想の真意である。

国家の構造は三角形をなしていて、頂点にビッグブラザーとその親衛隊である黒服を着用した党内局（人口の2%）がある。これが事実上の支配階級であり、監視対象からまぬがれている。その下に官僚であるところの党外局がいる。彼らは青い作業着を着て国家存立のため忠実に働いているのだが、「テレスクリーン」という双方向テレビジョンによってすべての行動が当局によって監視されている。その下の層に、人口の85%を占めるプロールと呼ばれる労働者階級、すなわち声なき大衆がいる。彼らは党がプロールの餌として提供する人畜無害な映画、音楽、スポーツ、酒、ギャンブル、ポルノ、セックスで骨抜きにされており、無知無教養を恥としない。これもどこかで見たことのある風景である。

オセアニアに首都はないが、ロンドン市内には四つのピラミッド型建築物がそびえ立っていて、そこに重要な省庁が入っている。

それらが党の三大スローガンを実行する。

① 戦争は平和である。平和省という名の国防省は軍を統括し、永久戦争を継続する。永久戦争とは数年ごとに敵味方の組み合わせを変えて、決定的な勝敗をつけることなく継続する一種のイカサマ戦争のことだ。必要なのは、交戦状態の継続だけなのだ。なるほどなるほど。私たちはどうしても、朝鮮戦争、ベトナム戦争、湾岸戦争、イラク戦争などを想起せずにはいられない。

② 自由は屈従である。愛情省という名の国民精神監視省は個人を真理、愛情の両面で管

理監視統制する。反体制分子と見なした者には問答無用の尋問をし拷問にかけ処刑する。思想と良心の自由を奪うことを本分とする。下部組織として「反セックス同盟」というものがあり、党員の愛あるセックスを摘発する。なぜなら愛の対象とすべきものは国家であり、一人間であってはならないからである。自由とは屈従を受け入れた者のみに与えられるものであることを徹底的にたたきこむ。共謀罪法案が通ってしまっている、また死んだはずの教育勅語なるものが鎌首をもたげてくる今日この頃の日本の風景に似すぎている。

③

無知は力である。真理省、すなわち宣伝省は政治的文書、党組織、テレスクリーンの管理などを司《つかさど》り、人畜無害な新聞を発行するかたわら、歴史記録や過去の新聞記事を改竄し、党の意向の正しさを創造する。自ら考える力を国民から奪っていく。これもまた私たちの今ある姿であろう。

党には目下進めている重要な政策がある。

・一つは、ニュースピークという新語法で、語彙《ごい》の量を限りなく少なくし、微妙な表現はもちろんのこと、政治的、哲学的思考を不可能にさせるという政策だ。これによって、シェークスピア作品などがニュースピークに翻訳され、原形を失っていく。「現在を支配する者は過去まで支配する」と党は宣言し、歴史や過去の出来事をせっせと改竄しつづけ、反知性主義の蔓延《まんえん》を促進する。

・もう一つは、「二重思考《ダブルシンク》」の強要である。二重思考とは、一人の人間が矛盾した二つの信念を同時に持ち、同時に受け入れること。それを強要する。たとえば、2プラス2は4であるが、党が2プラス2は5だと言えばそれに従わなければならない。つまり、2プラス2は4であると言う自由が失われる。オセアニアの人々はいつしか2プラス2は5かもしれないと思うようになる。したがって、ニュースピークと二重思考とで認識を操作された国民は党の理想通りの人間になっていかざるをえない。こうして「個」は喪失させられる。二重思考に疑問を抱くことは思考犯罪である。露見して逮捕されたら拷問、処刑される。

主人公ウィンストンはスノーデンではないか

この国には一日一回「二分間憎悪」という日課がある。午前十一時ともなると、局員たちはテレスクリーンのあるホールに集合する。

すると、油の切れた巨大な機械の発するようなおぞましく耳障りな音が大型テレスクリーンから飛び出してくる。歯が浮き、耳の後ろで毛が逆立つような不快感を催させる音。この音に呼応して全員が憎悪の感情をむき出しにする。テレスクリーンには党の裏切り者ゴールドスタイン（限りなくトロツキーに似ている。がユダヤ人の象徴ともとれる）が映しだされる。悪罵と怒号がホールの中に迸《ほとばし》りでる。誰もがみな一様に叫び声を上げ、靴の踵《かかと》で床を激しく打つ。醜悪なまでに高揚した恐怖と復讐心が、敵を殺し、拷問にかけ、鍛冶屋の使う大槌《おおつち》で顔を粉々にしたいという欲望に突き上げられる。この「二分間憎悪」は、人々を本人の意思に反して、憎悪に燃え、顔を歪《ゆが》めて絶叫する狂人へと変えてしまう。「憎悪」が一日一回確実に国民を洗脳していく。究極のヘイトスピーチだ。

この小説の主人公ウィンストンは真理省記録局に勤務していて、歴史修正や過去の事実の改竄に携わっているが、現体制のあり方に疑問を持ちはじめ、テレスクリーンに隠れて密《ひそ》かに日記をつけている。

「自由とは2足す2が4であると言える自由である。その自由が認められるならば、他の自由はすべて後からついてくる」などと。

私にはこの主人公ウィンストンがNSAの監視プログラムを制作していた時のエドワード・スノーデンと同一人物に見えて仕方がない。

スノーデンは言う。「プライバシーは『個』を守るためにある。自分自身で考える自由を守るためにある。プライバシーがなければ表現の自由は意味をなさない」(『スノーデン、監視社会の恐怖を語る』小笠原みどりによるインタビュー、毎日新聞出版)。まさに相似形だ。

ウィンストンは考える。「ぼくの取るべき最善の道は、手遅れになる前にただ静かにここから出ていって、それきりさようならすること」。そう。スノーデンは「手遅れになる前に、ただ静かに」NSAを脱出した。そして二〇一三年六月、イギリスの『ガーディアン』紙を通じて、アメリカ政府が秘密裏に構築した国際的な監視プログラムの存在を暴露したのだ。プリズムというプログラムを使ってマイクロソフト、ヤフー、グーグル、フェイスブック、スカイプ、アップル、ユーチューブなどの米インターネット九社のサーバーから一日数百万件にのぼる利用者の通信記録を入手していたこと、米政府がケーブル回線などを通じて世界中の要人たちを含む個人情報を盗聴監視していたこと。オバマ大統領が世界規模のサイバー攻撃の準備を国防省に指示していたこと。そのサイバー攻撃の威力の凄さたるや、もし同盟国の日本が米政府の意向に対してNO!とでも言ったら、クリック一つで日本の全電源をストップさせることができる。日本中は一瞬にして真っ暗闇になり、四十数基ある原発のすべてがメルトダウンを起こす（映画『スノーデン』、オリバー・ストーン監督）。もはやインターネットや携帯電話を使う人々は誰ひとり例外なくこの監視ネットの網に捕らえられている。なんのことはない、テレスクリーンなどはなくても、インターネットが始まって以来、私たちは『一九八四年』以上の監視社会の中で暮らしていたのだ。

国家の犯罪を告発して「個」の自由を取り戻したスノーデンは言う。「かつては政府のために働いていていました。いまは人々のために働いています」

この言葉は『一九八四年』の主人公ウィンストンの言葉にまた呼応する。「希望があるとするなら、それはプロールたち（声なき大衆）のなかにある」

エドワード・スノーデン二十九歳（当時）は、本名を名乗って国家の機密を暴露した。多額の報酬をなげうち、命の危険を冒し、国家にたいする裏切り者の烙印《らくいん》を押され、パスポートを剥奪され、現在モスクワで暮らしている。

「もし全世界を敵に回しても真実を手放さないのなら、その人間は狂ってないのだ」と『一九八四年』の中でウィンストンは言ったが、スノーデンも今同じ心境だろう。

「絞首刑を見にいきたい」と子供がねだる。『一九八四年』の中で、絞首刑は月に一度行われる、子供たちにも人気の見せ物である。

「いい絞首刑だったよ。連中の足を結んでしまうと台無しだと思うね。足をばたばたさせるところが見ものなんだ。それに何といっても、死に際に舌を出すところだね。青くなってさ。その青の鮮やかなこと。些細なことだけど、これがぐっとくるんだな」

と言う男の話を聞くと、ウィンストンは首の後ろのあたりに激痛を覚える。NO！と言えない「二重思考」の痛みだ。

この「二重思考」は私たち自身にもあり、痛みもまた当然ある。しかし私たちはもっと痛みを感じなければならないのではないか。日常のなかで死刑を黙認してしまいがちな私たちを前に、辺見庸氏は「私たちは半身と半身に引き裂かれて、もっと苦しむべきなのです」（『愛と痛み』河出書房新社）と言う。私はこの言葉に共感する。

国家が合法的に人を殺す死刑制度についてどう考えるか。人間の生命と暮らしを破壊する危険性のある原発をどう思うのか。

私はNO！だ。まず「個」としての意思をはっきりと示そう。本当に人間的な民主主義はそこから始まるのである。

神を見た画家、田中一村

私が田中一村《いっそん》（一九〇八―七七）という画家の存在を知ったのは一九八四（昭和五十九）年に放送されたNHKテレビ『日曜美術館』によってであり、それまでは名前も作品も一切知らなかった。この番組によって紹介された田中一村の絵は実に衝撃的であった。特に奄美大島に移り住んでから描いた晩年の作品は圧倒的である。日本画とはいいながら、それまでの日本画家のどの作品にも取り上げられたことのない南国奄美大島の植物や鳥や魚や昆虫が、大胆な構図と繊細微妙な筆遣いで描ききられている。放射状に広がる蘇鉄《そてつ》の葉の一枚一枚はまるで寸鉄のようで、触れれば指先が切れそうである。しかも絹本《けんぽん》の上に直《じか》に筆を落として描くという日本画技術の極致をいっている。人間業とは思えない完成度だ。そしてそれら植物たちの向こうにあるやや黄色味を帯びた乳白色の空の色。その神秘の淡い光はあまりに多くのことを語りかけてくる。私はこの空の色が不思議でならなかった。

田中一村は栃木で生まれ、東京と千葉で暮らした。若い頃は天才と呼ばれたのだが、日本画壇との折り合いは悪く、青龍社展に『白い花』で一度入選したきり、日展や院展などはことごとく落選した。絶望のあまり、一九五八年、まるで都落ちするかのように奄美大島に移り住んだ。生活は苦しく、大島紬《つむぎ》の染色工場で三年働いて貯《た》めた金で二年間絵を描くという生活をつづけた。

ところがである。奄美大島で田中一村の才能は猛然と開花するのである。いや開花というよりは奇跡を起こしたと言うべきか。ある日、突然、神を見たかのごとき跳躍と飛躍を重ね、ついに桃源郷に至るのである。いかに南国の草花や生物たちが異郷の魅力にあふれていようと、それだけが理由でこれほどの境地に達することができるものだろうか。そして、なんという空の色だろう。

二〇〇三年頃、『さくら伝説』という小説を書くために、私は沖縄には足繁《あししげ》く通った。沖縄本島を含む琉球諸島は独自の伝統を守り抜こうとする意思の強いところである。宗教を例にあげれば、琉球諸島には寺がない。まず仏教を拒絶しているのだ。皆無とまではいかないが、ほとんどゼロに近い。中世の昔から奄美は鹿児島あたりからの罪人たちの流刑地であり、没落平家の落人たちが住み着いた島でもあったから、彼らが作った神社がわずかに遺《のこ》るばかりで神道の影響を受けた形跡もない。キリスト教はそれ以下である。ならば琉球諸島の島々に住む人々にとって宗教はないのかと言ったら大きな間違いで、彼らには彼らの宗教が厳然としてあるのだ。それは祖霊神崇拝という極めて原初的なものだが、それは神話の時代から現代に至るまで連綿とつづき実生活にも息づいている。

今ある命の源をたどれば、無限の大昔にまで溯《さかのぼ》ってもまだ足りない。私たちの血の中には、数百万数千万数億という生きとし生けるものの血が混じりあっている。そしてまた今ある命は一見有限のようであるが、実は無限である。私たちは悠久なる時の流れと広大無辺の宇宙という永遠なるものと、その代名詞である神にたいする尊敬の念を忘れてはいけない。その表現の一つとして、この地に生きる人々は魂鎮《たましず》めの祭祀《さいし》を行う。

琉球諸島の古い家では、毎年春と秋の二回、親族全員が集まって先祖の魂鎮めをする。門中ウクリーという。その巫女《みこ》役は本家筋の長女が担うのだという。それを神女《かみんじょ》と呼ぶ。神女となるためには、親族内の神女経験者からの指導を受ける。魂鎮めの祭祀を控えた一カ月前の吉日を選んで三日間、日没から日の出までカミヤーと呼ばれるお宮に籠もる。洗い髪に素足、ウブジンという白衣を着て、心身ともに神に捧《ささ》げ、神の偉大さに打たれ、神と全身全霊で結ばれるという法悦を体験して初めて神女としての資格を得る。その修行の内容は秘中の秘であり、男子禁制である。

こうして神女候補の長女は神女となり、門中ウクリーという祭祀を取り仕切る。琉球の人々は春と秋のウクリーによって、海のかなたにあるニライカナイという理想郷から幸せをもたらす神と、祖霊神に感謝を捧げ、今年一年の幸福を願い、門中の繁栄を祈り、そして祖霊神にたいする信仰を深めるのである。

ニライカナイとは、琉球諸島に伝わる理想郷概念である。それははるか東の海のかなた、または海の底にあるとされる。死者の魂は西のニライカナイに去り、そこで親族の守護神となり、死後七代たってのち、ふたたび東の海の底に生まれ、生者となって空に現れるという永劫《えいごう》回帰の思想でもある。

一九七八年まで沖縄久高島《くだかじま》でつづけられていたイザイホーの祭りは祖霊神崇拝の国家的祭祀なのである。なぜ久高島なのか。それはこの島がニライカナイに最も近い聖地として伝えられているからだ。

久高島へフェリーで渡った。

山らしい山もない貧相な島に思えたが、陽《ひ》が傾き、今にも陽が落ちそうになった時、空の色を見て私はあっと声をあげた。

ニライカナイだ、と思ったのではない。田中一村の空だ、と思ったのだ。『アダンの海辺』の静かな海のむこうにある空の色。『奄美の郷《さと》に褄紅蝶《つまべにちょう》』の全体を包み込む淡い夢のような空の色。それがこの空だ。

奄美大島に来た田中一村は我知らず、ニライカナイを体験してしまった。いわば神を見てしまったのだ。田中一村の薄幸孤独な人生？　それは違うだろう。もしそれが真実なら、どうしてこんな多幸感に満ちた空が描けよう。

一村の生活は最後まで貧しく、住んでいた家は窓もないような小屋であったが、陽が昇り陽が沈む一日があるかぎり、一村はニライカナイの光に包まれていたのだ。

私は今、奄美大島にある田中一村記念美術館の『蘇鉄残照図』の落日を見ながら、立ち去りがたい思いでいる。

「ポケモンGO」野村達雄の閃き

一寸の狂いもない一本道

ポケモンGOというスマートフォンで遊ぶアプリが出現し、世の中がその話題で騒がしくなったのは二〇一六年の夏頃からだった。私はゲームというものを一切やらないので、興味の持ちようがなかったのだが、日本じゅうがその話題でもちきりになり、二〇一七年に入るやなんと世界で七億五千万の人々（中国をのぞいて）がこのゲームに興じているというではないか。つまり世界じゅうの街々の路上や広場がポケモンGOのモンスターを捕獲し収集しようとする人々であふれかえり、大きな社会現象になった。なにしろフランス東部にあるブレッソル村のボーボア村長はポケモンに行政命令を発し、村内での出現を停止するよう本気で要請したというニュースまで流れるほどだ。

ポケットモンスターというキャラクター（一九九六年発売）のあることはかねてから知っていた。そして一方で、アメリカのグーグル社が開発したグーグルマップというものがある。縮尺を調節し移動させればスマートフォンの画面上に上空から俯瞰した全世界の地図が現れる。またアースモードに切り換えれば、視点の転回ができ、道路上から撮影したストリートビューを3Dマップで見ることができる。しかもこれを移動していけば世界じゅうの街景色の再現が可能になるというとんでもない発想に基づいた画期的開発であり労作である。二〇〇五年にサービスを開始し、日本でも二〇〇八年に公開された。

つまりポケットモンスターという魅力的なゲームがグーグルマップという移動可能な地図と幸運な遭遇をしたことによって、ポケモンGOというアプリが誕生したわけである。これはもう、ニュートンの万有引力の法則の発見やコペルニクスの地動説にも匹敵する、まことに奇跡にも近い出来事と言わなければならない。

時代がもたらした好機というものを確実につかんだ人物とは何者なのか。もちろん成果というものは一人でなしうるものではない。多くの人の協力あってのものであることは十分理解しているが、とにかくボールを蹴ってゴールを決めた人物は誰なのだろうと、門外漢の私はそのことに強い関心を持った。

二〇一七年に入ると、野村達雄という人物が各新聞で大きく紹介されるようになった。読めば、なんとまだ三十一歳のこの若者がポケモンGOのディレクターだというではないか。

なんだ、日本人かと思ったが、話はそう簡単ではない。中国残留孤児の孫、在中国日本人三世だったのだ。

中国残留日本人だったのは祖母で、満蒙開拓移民の兄を頼って満洲に渡り、そこで小林という名の日本人と結婚して三人の子をもうけた。夫は現地召集で戦地におもむいていたが、日本は敗戦。夫は帰らず、取り残された祖母は恐怖の中、三人の子供を連れて野山を逃げ回ったが、氷点下40度を下回る極寒の地ゆえ、飢えと寒さで子供たちは次々と命を落とし、本人も凍傷で足の指のほとんどをなくした。そんな絶望の淵にある祖母を保護してくれた中国人が、つまり祖父となった人だ。やがて祖父と祖母の間に二人の子が生まれ、その長男が野村達雄の父となった。

一九八六年、野村は中国黒竜江省の寒村に生まれる。石磊《しーれい》と名づけられた。豆腐の行商人である父のもと極貧の生活を送る。

一九九五年、野村が九歳になった時、一家はよりよい生活を求めて中国から日本に移住する。長野市に住む日本人の親戚を頼ったのである。その旅の間、野村は生まれて初めて見るものに数々接する。電車、飛行機はむろんのこと、赤、黄、青、三色の信号機、日本の空港ではトイレの清潔さとその機能に驚く。

一家は東京練馬のお風呂もついていないボロアパートで生活を始める。それでも冷蔵庫と洗濯機、水洗トイレ、ガステーブル……なにもかも、中国にいた時には見たこともないものばかりだった。

日本で生活するにあたって、一家は日本式の名前を名乗ることになった。名字は祖母の野村で決まり、達雄は日本語教則本の登場人物からいただいた。ここでやっと野村達雄が誕生するのである。

生活は苦しかったが、小学校時代から建設現場や豆腐工場で働いたり新聞配達をやり、テレビゲームの特にポケモンに強い興味をもった。中学生になってついに念願のパソコンを購入する。プログラミングを独学で習得。日本語はもはや自由に話せるようになっていた。大学四年生の時、日本国籍を取得。正真正銘の日本人野村達雄となる。

東京工業大学大学院に進み、スーパーコンピューターの研究にいそしみ、二〇一一年度の情報処理学会の奨励賞を受けた。同年、同大学院の数理・計算科学専攻修士課程を修了し、グーグル株式会社に入社し、グーグルマップ・ソフトウェアエンジニアとなって、憧れのシリコンバレーに移住する。

そして二〇一五年、株式会社ポケモンの代表である石原恒和氏によって「ポケモンGOプロジェクト」のリーダーに抜擢《ばってき》される。

まるで神が「ポケモンGO」という的に向かって野村達雄を矢にして放ったとしか言いようのない、一寸の狂いもない一本道である。

この不思議の謎に触れたい。私はもうむしょうにこの青年に会いたくなった。野村の生まれた黒竜江省延寿県富源村は私が避難民生活を送ったハルビン市からちょっと北にあったあたりでそう遠く離れてはいない。敗戦後、私はかろうじて日本に帰ってきたが、野村の祖母は過酷な試練を強いられたあげく残留孤児となった。

その孤児がかろうじて生きた命のつながりの末に野村達雄がいる。なにか他人事《ひとごと》とは思えないような気もするのだ。

が世の中は面白い。そんな時の私にNHKテレビの『SWITCHインタビュー達人達』から出てくれと話がくるのだから。相手は野村達雄だという。

無限の天才・ラマヌジャン

そのテレビ番組『SWITCHインタビュー達人達』の趣旨は、分野の違う世界でひと仕事をなした人物を遭遇させて、お互いの違いや共通点を語り合わせ、つまりスイッチを切り替えるようにして、二人の人物の活動する世界を見せていくということらしい。野村達雄さんとは孫子ほどの年齢差があるが、この組み合わせを面白いと思い、私は二つ返事で了承した。

野村達雄さんとは番組収録のその日が初めての対面だったが、生まれた場所が近かったということもあってか、まるで旧知の仲のようになんとも穏やかに会話は進んだ。むろん私にとって、ゲーム界の世界的ヒットメーカーとの話は刺激と発見があって大いに楽しかった。

番組は二〇一七年八月十二日（土）に放送され、概《おおむ》ね好感をもって迎えられた。

問題はその後である。

八月も終わるという頃、野村さんからメールがあった。

「もうじきなかにしさんの誕生日ですよね。家族の方たちとどこかで食事などなさるのでしたらぼくも仲間に入れてくださいませんか」

私は喜んでその提案を受け入れ、和食が良かろうと思い、行きつけの割烹《かっぽう》に予約を入れた。当日、野村さんは私たち夫婦と娘をまじえた食事の席にまことに明るく登場した。

席につくなりこう言った。

「七十九歳というのは素数です。素数の意味はご存じですよね」

一ないしはその数自体でしか割ることのできない数のことを素数ということくらいは知っている。

「ぼくも三十一歳の素数です。素数と素数が出会うことはとても珍しいケースです。そこで今日はプレゼントとして二人の数学者の本を持ってきました」

そう言って、野村達雄は二冊の本を取り出した。一つは『ガロアとガロア理論』、もう一つは『無限の天才──夭逝の数学者・ラマヌジャン』。二人とも私にとっては未知の人だった。

「数学に興味をお持ちですか?」

「ぜんぜん……」

「試しに読んでみてください。二つのうちどちらかに興味を持たれるはずです」

それが九月の二日だった。

私は手始めに『ガロアとガロア理論』を読んでみたのだが、全然歯が立たない。意味が全く不明で、一行たりとも理解できず、すぐに投げ出し、『無限の天才──夭逝の数学者・ラマヌジャン』にとりかかった。これだって難解であることに変わりはない。数学についてては分からないが、ラマヌジャンという人物についてのシンパシーは湧いてきた。ところが偶然にもラマヌジャンの伝記映画があることを知り、早速それを借りてきて観た。『奇《き》蹟《せき》がくれた数式』（マシュー・ブラウン監督、デヴ・パテル主演、二〇一六年、英国）

映画は『無限の天才』のストーリーを忠実に追ったものだが、実に面白くできていた。数学の話は皆目理解不能だが、ラマヌジャンの生涯とその幸運と不運、そして天才性の偉大さが、私のような数学素人にもよく分かるように作られていた。

ラマヌジャン（一八八七―一九二〇）はイギリス領インドに生まれたインドの数学者であるが、幼い頃から母親によって徹底したヒンドゥー教の宗教教育をほどこされ、その影響もあってか、彼の発見する（この表現が正しいかどうかは今はおく）数式は極めて直観的であり、天才的な閃きにあふれていたため「インドの魔術師」と呼ばれるほどだった。

ラマヌジャンは優秀な生徒であったが、数学に没頭するあまり、ほかの学業がおろそかになり、大学も中途退学に追い込まれる。港湾事務所に就職するが、そこでも仕事より数学を優先することをやめなかった。

一九一三年、イギリスの大学教授三人に手紙を出すが、当然のことながら無視される。しかし、それに懲《こ》りることなく、ラマヌジャンはケンブリッジ大学のハーディ教授にも手紙を書く。こんな書き出しである。

「謹啓、自己紹介をさせて下さい。小生はマドラス港湾信託局経理部に勤める事務員にて……」

普通なら、誰の紹介状もない、こんな手紙を受け取ったら、即ゴミ箱行きだろう。しかし、ハーディ教授は、その後につづく、ラマヌジャンの素数理論や無限の位数と無限計算などに目を引かれ心を奪われる。

このハーディ教授によってラマヌジャンは見出《みいだ》され、ケンブリッジ大学に招かれ、研究者としての環境を与えられ、数々の業績を残し、博士となり、王立協会のメンバーにまでなる。

あまりの不思議さにある日ハーディ教授がラマヌジャンに尋ねる。

「どこから君は様々な数式を思いつくのか」

するとラマヌジャンは答える。

「神が私の頭にそれを与えてくれるのです」

無神論者のハーディはそれを信じないが、ラマヌジャンは、終生ヒンドゥー教の神々を信仰し、「無限」の心象風景を自らの故郷としていた。そうしてこう言って死んだ。

「神についての思索を表現しない方程式は私にとって無価値である」と。

私はバルザック『セラフィタ』と『ルイ・ランベール』を思い出す。バルザックは言う。

「数はいわゆる無神論者たちが信じた唯一のものであるが、数は無限である。数の無限を信じていながら、なぜ神を否定するのか。神のみが無限なのだ。数学者は数の無限は存在するのであって、証明されるものではないと言う。しかし自分の中に〝無限〟を感じながら、なぜそれを証明しようとしないのか。なぜ数学者は自分の上により知性のあるものが存在するかもしれないことを想像しないのか」

野村達雄のポケモンGO七億五千万という世界的大ヒットのその閃きは、ラマヌジャンと同じように神から授かったのではないだろうか。彼は私にこの本を与えることでそれを暗示したのかもしれない。

宮原知子と坂本花織

この度の平昌《ピョンチャン》冬季オリンピックの日本女子フィギュアの代表として宮原知子《さとこ》選手と坂本花織選手が選出されたことは、個人的な意味ではあるけれど、私は嬉しくてたまらない。個人的って、親戚でもあるまいにいったいどんな関係があるのかと訊かれたら答えに窮するが、まあ、ちょっといい話だと思って聞いて頂きたい。

私が『てるてる坊主の照子さん』を『東京新聞』、『北海道新聞』ほかの各新聞に連載を開始したのは二〇〇一年五月であり、翌年の四月に完結した。単行本として出版されたのは二〇〇二年七月だった。昭和という時代の中で奮闘努力する浪速《なにわ》の明るい家族の話は評判がよく、新聞連載中から映画やテレビから引き合いがあったが、最終的にはＮＨＫ連続テレビ小説いわゆる朝ドラに決まった。タイトルは『てるてる家族』。若泉久朗総指揮のもと、大森寿美男脚本、浅野ゆう子、岸谷五朗、石原さとみ、紺野まひる等の出演で、二〇〇三年九月二十九日から翌年三月二十七日まで全百五十回にわたって放送された。

どんな話かというと、戦後の日本を懸命に生きた夫婦がいて、その四人姉妹のうち上二人が、母親の夢を背負って、特別な才能を発揮する。で、下の二人はどうだったかというと、特別な才能を発揮することもなく、ごく普通に幸福な生活者になっていく。上の二人にはなにかがあって、下の二人にはなにかが欠けていた、というような簡単な話ではない。上の二人にたいして母親の愛が強かったからというのも答えにならない。母親の愛情が強ければ、子供はつねに才能を発揮するという法則はないのだから。ならばいったいなにが上の二人を特別に進化させたのか。その進化の謎を探ることがこの小説のテーマであった。

これが架空の話なら、なにも私が思い悩む必要はない。現実に、こんな幸運な家があったから私は悩んだのである。なにを隠そう。その家こそ、私の妻の実家である石田家であった。私は妻と結婚し、石田の家をそば近くに見るようになって、ますます、その不思議に打たれ、小説を書くことでしか、その不思議へのアプローチはできないと思い、書き始めたのである。

主人公岩田照子のモデルは、私の妻の母親石田久子、つまり私の義理の母である。彼女の夫、そして四人の娘たちがそっくりそのまま登場人物となっている。長女の春子は、フィギュア・スケートの日本代表としてグルノーブル冬季オリンピックに出場した石田治子であり、次女の夏子は石田良子、歌手として『ブルー・ライト・ヨコハマ』『あなたならどうする』ほか数々のヒット曲を朗唱し、NHK紅白に十回出場。女優に転じてのちも数々の賞に輝いている、いしだあゆみである。一つの家からオリンピック選手と大スターが生まれる、なんてことはそうめったにある話ではない。私はとにかく池田市という浪速の庶民の街で繰り広げられる涙と笑いとバイタリティあふれるこの家の家族の肖像を描くことで、家族という人間関係がもたらす魂の錬金術について書いてみたかった。

主人公である照子の獅子奮迅の闘いぶりにも驚嘆するが、話の骨子はやはり、青春をスケートに懸けて、懸命に努力し、挫折し、怪我にも病にもめげず、ついにオリンピック選手としての栄光をつかむ長女の春子、また、それを励まし支える母との二人三脚にあった。その春子を紺野まひるさんが見事に演じていた。その春子を見て、坂本花織さんは大いに憧れ、四歳でフィギュア・スケートを始めたというのだから、世の中は味なものではないか。そんなニュースがネット上でも雑誌にも多々書かれている。その花織さんが、この半年間で、なにかものにでも憑かれたように成長し、昨年、スケートアメリカで二位に入るや、その後は上昇気流に乗ったまま、ついに平昌冬季オリンピック選手に選ばれてしまった。その急速な進化の陰にはひょっとして『てるてる家族』の影響もささやかながらあったかもしれないと私は勝手に思い、勝手に嬉しがっている。平昌オリンピックではまたもう一つ自分の中の素晴らしい自分を発見してくれることを期待し、坂本花織頑張れ！と叫ばずにいられない。

ところで、五十年前のグルノーブル冬季オリンピックに出場したその長女の春子、すなわち石田治子は今どうしているという話になるのだが、これがまた嬉しいことに、宮原知子選手のコーチングスタッフの中に名をつらねているのだ。石田治子は一九六八年に引退し、結婚して岡本治子となった。そしてコーチへと転身し、小林れい子、青谷いずみ、柏原由起子らを育てたが、年齢も七十歳を超え、さすがに第一線でばりばりとはいかないが、スケートが好きでたまらない。元気でもある。そこで、関西大学アイスアリーナでコーチを務める濱田美栄氏のコーチングスタッフに加わり、毎日のようにスケートを履いて氷の上に立ち、後進の指導に当たっている。ここには宮原知子がいる、紀平梨花がいる、本田真凜《まりん》、望結《みゆ》、紗来《さら》の三姉妹がいる、白岩優奈がいる。将来日本のフィギュア・スケートを背負って立つ精鋭たちが日夜しのぎをけずっている。

中でも宮原知子は練習の鬼で、練習のしすぎで股関節疲労骨折という怪我をしたが、それをしも練習で克服するという精神力の持ち主だ。石田治子もまた練習によって苦難を克服した経験者だから、宮原知子のあくなき努力を見守りつつ深く共感し、より濃やかに指導もしたことであろう。

坂本花織が憧れた『てるてる家族』の長女春子が今、もう一人のオリンピック選手宮原知子のコーチの一員であるというこの巡り合わせの面白さもあるが、わが義理の姉、石田治子は現役時代も現在もたった一つの信念のもとにやってきた。進化しようとする人間だけが進化するという不動不滅の真理である。

ね、ちょっといい話でしょう?

神の子藤井聡太七段は升田幸三の再来か

将棋の話をしようと思う。将棋は子供の頃からやっていたが、熱を帯びて好きになったのは浅草に住んでいた頃だ。シャンソンの訳詩のアルバイトで糊口《ここう》をしのぐ苦学生であったが、暇があると近くの浅草観音様の裏境内に行った。そこには広々とした庭があり、縁台が十台ほど並べられている。下町ということもあって、晴れた日には大勢の人が縁台将棋を楽しんでいた。それをまた野次馬《やじうま》が取り囲み、ああだこうだとつぶやいては首をかしげる。縁台の上に置いてある缶カラの中に十円玉をコロンと投げ入れて参加するのだ。相手はどこの誰かも勿論《もちろん》実力のほども分からない。第一、相手の顔なんか見てやしない。ただ黙々と指していく。こてんぱんに負ける時もあれば、その逆もある。好敵手にぶつかると、今度は相手を変えずに日が暮れるまでやるといった具合で、浅草裏境内の庭は腕試しにはもってこいの縁台将棋道場だった。

一方、私は立教大学仏文科の学生であったが、仏文科の研究室は学生たちに開放されていて、授業のない空き時間には学生仲間と寸暇《すんか》を惜しんで将棋を指した。将棋の本や雑誌は山ほど買って読み、それなりに研究などしていたものだ。私は「新手一生」の升田幸三の将棋のファンであった。なにしろ「名人に香車を引いて勝つ」と豪語していて、実際に一九五六（昭和三十一）年、時の名人大山康晴との王将戦で連勝し、三番手直りで升田は香落ちで対局し、大山名人に勝っている。空前絶後の出来事であった。将棋一筋の生き方は見事であったし、野武士かまたは仙人を思わせる風貌もまた一級品だった。史上初の全冠制覇三冠王（一九五七年）を達成した時に言った「たどり来て　いまだ山麓《さんろく》」という言葉も好きだった。

ところが人生は異なもので、一九七四（昭和四十九）年の秋頃、日本将棋連盟の事務局から電話があり、念願の将棋会館建設のための資金集めに協力してくれと言う。何をすればいいのかと尋ねると、大山康晴永世王将作詩、なかにし礼補作詩としてレコードを出し、その印税を将棋連盟に寄付してくれということだった。将棋ファンとしては一も二もなく快諾して、その仕事（『将棋道』三沢あけみ歌、大山康晴作詩、なかにし礼補作詩、浜圭介作曲）をやった。翌年の正月早々に発売された歌はそこそこのヒット曲となり、いくばくかの寄付はできたのではないか。

そしたらなんとまた将棋連盟から電話があり、大山永世王将と対局してみないかと言う。「ええっ！」。今度はびっくり仰天である。しかし、これもまた人生の快事と考え、ホテルの一室でかの大山康晴永世王将と飛車落ちで対局したのである。私は気が遠くなるほどあがっていたが、善戦し、あと一歩で勝てるところまで行ったのだが、飛車を捨てる勇気がなく敗れた。が数日後、日本将棋連盟から贈り物が届いた。なんと桐の箱に入った免状である。
重ね折りにした皺々《しわしわ》の分厚い和紙には、

なかにし礼殿
夙《ツト》ニ将棋ニ　丹念ニシテ　研鑽《ケンサン》怠ラズ　進境顕著ナルヲ認メ　茲《ココ》ニ貳《ニ》段ヲ免許ス

昭和五十年三月三日
日本将棋連盟
会　長　塚田正夫
名　人　中原　誠
永世王将　大山康晴

むろん各先生方の墨痕鮮やかなサインの上にも連盟明記にも朱色の落款《らっかん》がある。どうですこの話、出来すぎでしょう。そうなのです、私は正真正銘の二段の免状を持っているのです。将棋会館建設に多少貢献したという意味での免状であることは重々承知しているが嬉しいことであった。

私が最近気になって仕方がないのが、藤井聡太七段の対局である。二十九連勝という快記録にも昇段の速さにも驚いたが、第三十一期竜王戦五組ランキング戦決勝（二〇一八年六月五日）の対石田直裕五段戦には感動した。後半、夕食休憩の後、石田五段が7二銀と攻めに転じた直後、それを待っていたかのように藤井七段も攻撃を開始し、受けるほうの石田が7七歩と飛車の頭をたたいて、飛車を追い払おうとした。この時、藤井七段はノータイムで7七同飛車成と飛車を切った。

これを見て、プロも関係者もファンも全員が「ええっ！」と声を上げた。AIも即座に「悪手」と決めつけた。ところがこれが神の一手とも言うべき絶妙手で、このまま藤井七段が寄せきって勝利した。久保利明王将と星野良生《よしたか》四段は「いや、強すぎる」と嘆息し、勝又清和六段は「人間の指せる手か？」と茫然《ぼうぜん》とし、藤森哲也五段は「マジか。どこからその予定だったの？」と藤井七段の読みの深さに感心し、豊川孝弘七段は「7七飛成！強将！」と脱帽し、今泉健司四段は「神業です」とお手上げの態《てい》であった。

私は藤井七段は升田幸三の再来と思っている。棋士たちはAIの研究にいそしんでいるようだが、升田将棋を研究したほうが早道なのではないかと思うのだが、違うかな。

なぜなら、藤井七段は昇段祝いのパーティの挨拶で実にいいことを言った。

〈AIより人間のほうが時には良い手を指せると思います〉。この言葉を十五歳の少年が言ったことが凄いと思う。AIには膨大な量の情報がある。また分析力もあるだろう。だがAIには絶対に欠けているものが一つある。それは「閃き」である。バルザックは小説『従兄ポンス』の中で言っている。「すぐれた人々も、神が時に起こしてくれる奇蹟がなければ、この至高の能力を示すことは決してできない」と。バルザックは神など信じていなかったが、天の意志とか、自分以上の力がもたらす「閃き」を神の力とたとえた。人間の偉業は閃きによって成し遂げられてきた。ＡＩにはそれがないのが致命的である。升田幸三は閃きの人であった。藤井聡太七段もきっと「新手一生」を貫くのであろう。それを期待してやまない。

高校進学も大事だが、今は藤井七段の将棋人生にはじめて訪れた「勝機」だと思う。

追記　後日、テレビで藤井七段のインタビュー番組を観た。すると、彼の部屋の壁に「新手一生　升田幸三」という色紙のコピーが飾られていた。私が我が意を得た想いになったことは言うまでもない。

サムライブルー、勇者の証明

ＦＩＦＡワールドカップ、惜しくも日本は決勝トーナメント一回戦で姿を消すことになった。悔いの残る試合だったけれどこれが現在の実力だろう。世界のレベルに比べたら日本サッカーの歴史はまだまだ浅い。日本がサッカーなるものを知ったのは一八六六年だとか一八七二年だとかいや一八七三年だ、はたまた一八七四年だとか諸説紛々であるが、いずれにしても日本のサッカー史はせいぜい百五十年である。歴史も浅いゆえに知識も経験も未熟であり、体力的にも身体能力的にも劣る日本人が短い期間でよくぞここまで強くなったものだと、そっちのほうがよっぽどの驚きだ。

しかしそれにしてもだ。ベルギー戦の後半残り約二十秒。あの時、なぜ本田はコーナーキックでショートコーナーを選択しなかったのか。敵にボールを渡さず味方でボールを回し、味方キーパーの方向に蹴り返していたら二十秒なんかすぐに経過してしまっただろうに。ポーランド戦で十分以上もボール回しをやったあのチームがなぜ二十秒の時間稼ぎをためらったのか。まったく解せない。たとえ本田が勝ちにはやったとしても、西野監督が「延長戦を狙え！」と指示を出してしかるべきだった。延長戦に突入し、また褌《ふんどし》を締めなおして頑張れば何が起こるかわからなかったではないか。あの幼さ丸出しの負け方が残念だ。

　今大会のラッキーボーイのナンバーワンは西野朗監督だろう。大会二カ月前に、棚からぼた餅のようにして監督の座がころがり込んできた。第一戦の対コロンビアでは開始早々相手選手がレッドカードで退場した。日本は十人となった相手に2―1で勝った。よもやの勝利であった。第二戦の対セネガルは、最強のチームと言われていた相手と2―2で引き分けた。上々の出来だった。三戦目のご存じポーランド戦は、0―1で負けているにもかかわらず時間稼ぎをし、フェアプレーポイントの差で決勝進出を果たした。批判する人もいたが、とやこう言うのは勝負の世界の厳しさを知らない人だ。これはフェアプレーにたいするご褒美だ。これがＦＩＦＡルールの素晴らしいところだ。オレの閃きが選択したことだ。と言えば済んだものを。苦渋の選択だったとか、選手に辛《つら》い思いをさせたとか言い訳を言った瞬間、西野監督のラッキーチャンスは終わった。せっかく天が与えてくれた幸運に疑問を抱く愚考を犯したわけだから。あそこで胸を張っていれば、西野監督の幸運はまだまだつづいていたかもしれない。

　しかしまあ、終わったことはもう良しとしよう。なにはともあれ今回のワールドカップ・ロシア大会での日本チームはよくやった。実によく頑張った。決勝トーナメント一回戦、対ベルギーでは美しいゴールを決めてなんと二点も先行したではないか。あの瞬間の日本中の歓喜と興奮は日本サッカー史上最高のものだったのではないか。あの時、日本の勝利を確信し、次はベスト8だ、相手はブラジルだと心の中で思わなかった日本人がいただろうか。サムライブルーはとんでもない夢を見させてくれたものだ。この夢と歓喜と興奮はそう簡単に作り出せるものではない。日本全土が大きな夢を見た。こんな異常現象を巻き起こしただけでも、サムライブルーは英雄である。もうひと踏ん張りで壁の向こう側へ転がり落ちようとしたところを引き摺《ず》り下ろされた訳だけど、選手たちは高い壁の向こう側にひろがる景色をほんの少しでも目にしたはずだ。ちらりと見た壁の向こうの景色という経験、それが今後の日本サッカーに大いに生かされるはずだ。ゴールを決めた香川、大迫、乾（二発）、本田、原口、どこまでも明るく強く、闘志と持久力を見せた長友、酒井（宏）、的確なロングパスを送りつづけた柴崎、不屈の精神で守りつづけた吉田、昌子、そしてチームを一心同体にまとめ上げ、日本サッカーの哲学を創造しつづけたキャプテン長谷部。君たちは凄かった。名前をあげなかったサブの選手たちスタッフたちもそして川島もみなよくやった。

ところで、サムライブルーの由緒因縁についてご存じかな？　みないろいろな説をとなえているが、説得力に欠ける。一九二四年から現在の関東大学サッカーリーグが始まり、連続決勝進出を果たした東京帝国大学（現・東大）のユニフォームが青だったから、それ以来日本チームは青を基調としたユニフォームを着用することになった。現に一九三六年ベルリン五輪の時も日本代表は青のユニフォームだった。途中、赤や白に変えたことがあったが、成績が振るわなかったためまた青に戻し、現在に至ったということだ。これ実につまらない。

一つ、オヤ?と思う説がある。戦国時代の武士は鎧《よろい》の下に藍染《あいぞ》めのものを身につけたというものだ。しかしこれも証拠文献がないため決定打になっていない。しかし私はこの説を聞いてピンと来た。藍染めの鎧下とはすなわち褌のことではないか。ではなぜ藍染めなのかということになるが、その答えは、昔の武士は軍神として愛染《あいぜん》明王をあがめ、安土桃山時代の武将直江兼続《かねつぐ》は兜《かぶと》の前立に「愛」の文字をあしらったというではないか。ならば鎧下の褌は藍染めの麻布《あさぬの》であろう。藍染めと愛染は音が同じである。藍染めの褌すなわち愛染明王によって身を守ったことになるのである。

物的証拠はあるのか。あるのだ。元総理細川護熙氏の湯河原にある茶室の壁に、大徳寺の立花大亀老師(一八九九―二〇〇五)が百歳を迎えた時の形見分けの褌が飾られている。なんと藍染めの麻布である。その前垂れの部分には墨黒々と一文字「力」と書いてある。ここに日本の伝統の証拠が厳然としてあったと私は確信している。となると、サムライブルーの選手たちは軍神愛染明王を身にまとって戦っていることになるのだ。そう思えば一層の誇りと「力」が湧くであろう。

大賀典雄と軽井沢大賀ホール

大賀《おおが》典雄著『大賀典雄、15歳に「夢」を語る』（丸善出版）を読んでの感想は「こんな幸運の星の下に生まれ落ち、かくまで成功する人が現実にいるのだ」という驚きである。

静岡県沼津市で材木商の次男（七人兄妹）として生をうけた。父の仕事は順調で、ハノイにまで事業を広げ、単身赴任したため、母と兄弟姉妹とともに千本松原の別荘で裕福に暮らしていた。日本の敗戦を予見した父は現金をせっせと家族に送りつづけた。お陰で戦後も不自由なく暮らすことができたという。

その頃からハーレーダビッドソンのオートバイを乗り回していた父親の影響もあって乗り物や機械いじりが好きであった。

耳が良く、小学生の頃は敵の爆撃機の音を聞き分けることができた。音楽的耳も良かったから、音楽の成績は「秀」であった。

小学生の頃からブラスバンドに入り、戦時中のことゆえ、軍隊慰問などの演奏会を二年間もやった。この頃、スッペ作曲『軽騎兵』序曲を聴いて衝撃的感動を受け、以後、音楽は大賀典雄から切り離せないものとなる。

旧制沼津中学校を卒業したが、在学中に肋膜炎《ろくまくえん》を患い、療養の身となった大賀の家庭教師をしてくれたのが、岩井産業（のちの日商岩井、現・双日）の御曹司・岩井一郎氏であった。東大の電気工学科を卒業した岩井一郎氏は大賀典雄にラジオやアンプの作り方を教えてくれ、欧米の歴史や地理、そしてクラシック音楽などの知識を与えてくれた。

敗戦によってもたらされた平和は大歓迎であった。戦争の愚かしさは二度とあってはならないという思いにかられながら、まだ焼け野原のある東京の日比谷公会堂で聴いたベートーヴェンの『第九』、中でも中山悌一《ていいち》のバリトンの声に感動した。その声は日本が新しく生まれ変わることの象徴のように聞こえた。

その時、大賀典雄は声楽家になることを決心し、中山悌一氏に師事して東京藝術大学に最高点で入学する。

ここから話は急展開する。なんと大賀はアンプ作りの腕を買われて、スタジオ作りを一任される。大賀は当時の最先端技術を結集した最高レベルのスタジオを作ってみせた。それがかの有名な「国際ラジオセンター」である。弱冠二十歳の時だ。

まだソニーと名乗る前の東通工（東京通信工業）の創業者、井深大《まさる》氏と盛田昭夫氏と知り合ったのもこの頃で、この二人が完成したばかりの国産初のテープレコーダーを藝大に売り込もうとしていた時だ。大賀はそのテープレコーダーを試してみたが、到底使い物にならないことが分かった。そこで、問題点を十項目にして渡したところ、盛田氏は「いったいこれを書いたのは誰だ？」ということになり、「すぐにも、わが社を手伝ってほしい」

という話になった。だが、大賀の留学の意志は固く、それを断った。すると盛田氏は「今から君に給料を払おう。留学費用もすべて面倒みる」ということになり、四十日かかる船旅の費用など、なにからなにまで東通工が出してくれた。

留学をし、世界を見て回り、見聞を広め、生涯の伴侶となるピアニストの松原緑さんと知り合って婚約し、帰国するやすぐに結婚し、声楽家としての活動を開始した。

「どうだな？　一週間に一日くらい、ソニーに来ないかね？」が「一週間に二日来ないか？」になり、そのうち「ソニーの部長として迎えるから、もう決心しなさいよ。音楽家は夜にやったっていいじゃないか」となり、最後にはソニーに本腰を入れることになる。むろんそうなったのは井深氏、盛田氏両創業者の人徳によること大である。しかし、二人の期待に応えた大賀典雄も凄かった。

大賀は、製造部の部長、広告部長とデザイン室長を兼務し、ウォークマン以外の商品開発のすべてに関与し成功した。ＳＯＮＹのロゴデザインを六回も変更して今日のものに決めたのも大賀である。ＣＢＳ・ソニーレコードの新譜第一作はサイモン＆ガーファンクルの『サウンド・オブ・サイレンス』で、のっけからミリオンセラーである。コロンビア映画の買収も大成功である。アナログからデジタルへの切り替えでは先頭を切り、「プレイステーション」でゲームにも参加して成功し、ソニーを世界のスタンダードにまで高めた。一九六四年、三十四歳で取締役、一九八二年から九五年まで社長とＣＥＯを務め、会長をやってのちは名誉会長。

一九四六年に設立された東通工（ソニー株式会社になったのは一九五八年である）が七十二年経った今日では年商約八・五兆円、純利益約七千億円、総資産約二十兆円、同種企業であるパナソニックを年商において約一兆円上回るほどの巨大な会社にまで成長を遂げている。その牽引役《けんいん》を担ったのは、もとはと言えばバリトン歌手だったというのだから、人生というのは誠に味わい深いというか、なんとも絶妙なものではないか。

還暦を迎えた時、大賀典雄はやっと長年愛してやまなかった音楽の世界に戻ってきた。歌手としてではなく、指揮者としてである。還暦コンサートは東京・渋谷のオーチャードホールで東京フィルハーモニーを従えた。翌年のサントリーホールでは、モーツァルトのシンフォニーを振った。コンツェルト二十四番でピアノを弾いたのは中村紘子であった。あの時の、大賀さんの幸福そうな顔は忘れられない。そして楽屋で言った言葉も。

「モーツァルトを指揮するのは猛烈に難しい。モーツァルトはもう振らない。難しすぎる」

大賀典雄は敬愛する巨匠カラヤンとも親交が深く、その死の瞬間に立ち会った。このめぐり合いも恩寵《おんちょう》に違いない。

何よりの傑作は私財をそそいで建設した「軽井沢大賀ホール」であろう。常に音楽の喜びとともに歩きつづけた実業家の愛と幸運と成功のモニュメントだ。

夏、私は一日に一度、大賀ホールのあたりを散策する。と、なにかしら音楽が流れてくる。大賀さんはまだ生きている。ふとそう思う。

第6章

石原裕次郎追想

裕次郎に手招きされた！

ホテルのロビーに出ると、ものすごい数の人がいる。ほとんどが新婚のカップルだ。中にはまだ花束を手にした初々しい花嫁さんもいる。全員が立ったままある一点を見つめている。彼らの視線の先にあるのは大スターの石原裕次郎だった。石原裕次郎はロビーの奥にあるカウンターバーに寄り掛かり、こちらを見て、にこにこと笑っている。背後にはウイスキーやリキュールのボトルなど、そしてワイングラスやカクテルグラスが並んでいて、それらがバーの照明を受けてキラキラと輝いている。その輝きが石原裕次郎の後光となり、まるでそこだけが光につつまれているかのように、大スターを一層輝かしいものにしていた。

私も人の陰から裕次郎をのぞき見た。

その時、裕次郎は変な動きをした。

私にきっちりと目標を定めて右手を突き出し、上に向けた人差し指で、手招きをした。

私はその意味が分からず、自分の顔を右手で指差して、私ですか？という仕草をした。

すると裕次郎はそうだそうだ！と言わんばかりにうなずき、にこにこと笑った。そしてもう一度、指で手招きをした。

「おい。裕ちゃんが俺たちを呼んでるぜ」

「まさか……あっ本当だ。呼んでるわ」

「どうする？」

「どうするって、行くしかないでしょう。私、サインもらおうかしら」

「バカ。よせよ。みっともない」

私と新妻はおずおずと裕次郎に向かって歩きはじめた。ロビーの若者たちはみんなじろじろと私たちを見ている。成り行きを見守っている感じだ。

私の頭の中はパニック状態に近かった。

石原裕次郎といえば日本最大の映画スターであり、歌を歌っても次から次へとヒットを飛ばす大流行歌手でもあった。昭和三十一（一九五六）年、兄の石原慎太郎が『太陽の季節』で芥川賞を受賞したが、そこに書かれている内容は、実の弟の放埒《ほうらつ》な生活を観察したことによって得たものだといい、弟とその仲間たちを「価値紊乱者《びんらん》」などと名付けたものだから、刈り上げにアロハの太陽族はにわかに反体制的な色合いを帯び、いやでも世間の注目は弟の裕次郎に集まった。『太陽の季節』は日活で映画化され、裕次郎はほんのちょい役でスクリーンデビューしたものの、あまりのカッコよさに周囲は驚き、すぐさま『狂った果実』という映画に主演させた。これがまた大ヒットで、一躍、石原裕次郎は日活を支える大スターになる。『乳母車』『勝利者』『幕末太陽傳』『俺は待ってるぜ』『嵐を呼ぶ男』……映画館のドアが閉まらないほどの大当たりをつづけ、レコードを出せば、『俺は待ってるぜ』『錆びたナイフ』『二人の世界』『赤いハンカチ』……どれもこれもがミリオンセラーとなった。

「君たち新婚さんかい？」

昭和三十八（一九六三）年、石原プロモーションを設立し、自ら映画製作に乗り出すことになった。その第一作が『太平洋ひとりぼっち』（市川崑監督）であり、その映画の撮り残した部分を目下、下田の海で撮影しているとのことだった。

私としては、石原裕次郎映画の約半分は見ているだろう。その頃の歌謡曲に関心はなかったが、裕次郎とマヒナスターズの歌だけは、演歌の匂いのしない新しさと都会性ゆえに口ずさんでいた。早い話、私は石原裕次郎の大ファンであったのだ。

しかし、どう振る舞ったらいいのか分からない。嬉しそうにニタニタするのもはしたないし、どうってことないふうに斜に構えるのも品がない。結論の出ないうちに、私たちは裕次郎の前に来てしまっていた。

「今晩はぁ。何かご用ですか？」

間の抜けた挨拶をした。

「突然、呼んで悪かったな。まっ、ここに座れや」

裕次郎は自分の隣のスツールをたたいた。

私はそこに座った。カウンターに向かって裕次郎、その右隣に私、私の右に妻。裕次郎の左隣には、さきほどから笑顔を絶やさない中年の紳士がいた。

「この人はね、中井景《あきら》さんっていって、わが社の専務なんだけどね、あんまり退屈だから二人してね、ロビーをうろうろしている新婚さんの品定めをやってたとこなんだ。君たち新婚さんかい？」

「はい。そうです」

「じゃ、合格だ」

「はあ？」

「そう、一等賞ってことよ。君たち二人が、このホテルの中にいる新婚カップルの中で一番カッコいいってことだよ。というわけで、ま、一杯やろうや」

大きなジョッキが用意され、裕次郎は私のジョッキに、同時に妻のジョッキには中井さんがなみなみとビールをついだ。

「乾杯！」

私は碌《ろく》に声も出なかった。嬉しいとかそんな気分はまるでなく、なにか狐《きつね》につままれたような、その場かぎりの余興に引っ張りだされたような落ち着かない気分でジョッキをあげた。

Tシャツにジーパン姿の裕次郎はグビグビと音をたててビールを飲んだ。Tシャツにはヨットの舵輪《だりん》が大きくデザインされ、首から下げている金のペンダントも舵輪だった。右腕に光っている金のロレックスを見ながら、ああ、裕次郎は右手に時計をするんだと思いつつふと下を見ると、裕次郎の長い脚は悠々と床についている。なのに私の脚は宙ぶらりんだ。なんだか、すっかり参ってしまって、イヤになっちまった感じだ。

「流行歌を書いてみろよ」

「ところで、君は、何やって食ってんの？　若いようだけど……」

「シャンソンの訳詩をやって食ってます」

「何？　シャンソン？　あの、枯れ葉よおってやつかい？　あんなもの訳して食っていけるのかね。大丈夫かよ」

「まあ、なんとか」

「嫁さん苦労するぜ」

食えるから結婚したんです、と言わんばかりの表情を私はしてみせた。

「訳詩なんぞ、やめとけ、やめとけ。シャンソンを日本語にしたってつまんねぇよ。なんで日本の歌を書かないのよ。流行歌をよ。俺が歌っているような歌をよ。ガツンと一発ヒットを飛ばしてみなよ、気分いいぜ」

「……」

流行歌を書く？　この俺が？　そんなこと考えたこともない。シャンソンの訳詩だって、たまたま流れついたアルバイトの一つに過ぎない。それも自分が愛し、将来にわたって研究しようと思うフランス文学の末端につながっていると思えばこそやっているのだ。流行歌なんかを書くために、苦労して大学まで入り、フランス文学を専攻しているわけではない。将来の夢はまだ茫漠《ぼうばく》としているが、フランス文学から離れた世界で生きる気はさらさらなかった。

「礼ちゃんには夢があるんです。卒業したら大学教授になるって夢が……」

妻が話に割って入った。

「おいおい、お前さん、まだ学生さんかい？　おまけに苦学生かよ。ますます心配になってきたな」

私は自分の現実を知り、暗澹《あんたん》とした思いにとらわれた。

「ま、いいや、君は見どころがあるから、自信作ができたら持ってきなよ。俺がすぐさま歌うってわけにはいかないだろうけど、売り込んでやるよ」

中井さんはわざわざ立ち上がり、

「いつでも結構です。私を訪ねていらしてください」

名刺を渡してくれた。

「俺はな、今、『太平洋ひとりぼっち』っていう写真（映画のことをプロは写真というらしい）を撮っているんだけどな。もうあらかた撮り終わってはいるんだけど、ここまで来るのには大変な思いをしたんだよ。命懸けさ。だから、劇場にかかったら必ず観てくれよ」

「もちろん、観ます」

「君も頑張れよ、頑張って俺が歌うような歌を書けよ。そうなったら、ま、一流だな」

破顔一笑、裕次郎は立ち上がり右手を出した。私はそれを握った。温かくて大きな手だった。

昭和三十八年九月のこの瞬間から、私の人生の回り舞台はぐらりと音をたてて転換し、暗転の闇の中でしばらく沈潜《ちんせん》し、煩悶《はんもん》し、苦闘することになる。

それまで一度として考えたことのない「歌を書く」という行為について朝から晩まで考えるようになった。

十月に、『太平洋ひとりぼっち』が封切られた。約束通り私は見た。いい映画だった。特に、裕次郎扮《ふん》する堀江謙一青年が、嵐の去ったあと、短波放送に合わせて歌う『王将』には泣かされた。日本の歌もいいじゃないか。そんな迷いの毎日がつづいた。

「訳詩なんぞ、やめとけ、やめとけ。ガツンと一発ヒットを飛ばしてみなよ、気分いいぜ」

世に出たいという渇望

裕次郎の言葉がいつまでも木霊《こだま》のように脳内に鳴り響く。

銀座にあるシャンソニエ(シャンソンのライブ喫茶)「銀巴里」に行き、定位置になっている最後尾の席に座って自分の訳詩で歌う歌手たちの歌を聴くことが日課のようになっていた。聴いていると凄いことを発見することがある。例えば、自分が最良の言葉だと思って音符に乗せたはずの言葉が、客の前で歌われてみると、実に平凡な言葉に聞こえる時がある。逆に、なんだか月並みな言葉だなあと思いつつ音符に乗せた言葉が、いざ客の前で歌われると予想外の効果を発揮することがある。「銀巴里」はまさに私にとって訳詩ばかりか作詩という創造行為そのものの修行場だった。特に、人から名訳だとほめそやされ、いろんな歌手がこぞって歌ってくれるような、いわばシャンソン界のヒット曲となった『ラ・ボエーム』『ジョリ・モーム』『群衆』などが歌われた時の喝采や拍手、そして場内の熱度の盛り上がりほど嬉しいものはない。ということは、すでにして私は芸能を創造する喜びを知っている側の人間に属していたのだ。なのに自分ではそれに気付かぬ振りをして、芸能そのものを心の片隅で蔑視していた。まだまだ自分に正直でなかった。

「銀巴里」には大正デモクラシーの名残があり、昭和モダニズムをまだひきずっていた。その雰囲気を醸しだしているのは一に丸山明宏（のちの美輪明宏）、二に戸川昌子であった。私はこの二人と仲が好く、シャンソンを梃子《てこ》にして世の中になにか一撃を加えたいという思いを夜毎《よごと》に語り合っていた。と同時に世に出たいという渇望は三人ともに隠してはいたが、身を焼くほどに激しかった。

戸川昌子は楽屋でいつも原稿用紙に向かって何か書いていた。楽屋をのぞき込んで、

「何書いてるのさ」と尋ねると、

「ラヴレターよ」と応える。

「随分長いラヴレターだね」

「思いのたけを書きつづっているのさ」

と言ってタバコの煙で表情を隠す。

ところが、ある日（昭和三十七〈一九六二〉年）、戸川昌子は江戸川乱歩賞を受賞して颯爽《さっそう》と文壇にデビューしていった。

「あの、長いラヴレターは『大いなる幻影』だったのか……」。私はうちのめされた。

丸山明宏は『メケ・メケ』という大ヒット曲とともに世紀の美少年として売り出して久しいが、それに満足することなく、昭和三十九（一九六四）年、『ヨイトマケの唄』では男装で再登場し、瞬く間に世間を圧倒し、正真正銘の大スターになってしまった。ふたたび私はうちのめされた。

そうだ。私もぼうっとしていてはいけない。しかし何をやる。歌のほかに何がある？

シャンソンとの決別

「訳詩なんぞ、やめとけ、やめとけ。シャンソンを日本語にしたって、つまんねぇよ。なんで日本の歌を書かないのよ。流行歌をよ。ガツンと一発ヒット飛ばしてみなよ。気分いいぜ」

石原裕次郎のこの言葉は私の中にちょっと抵抗しがたい衝動を生み出した。私は日本の歌が書きたくてたまらなくなってきたのである。とはいうものの、師匠と名のつく人がいるわけでなし、歌の書き方そのものは知らなかった。しかし私には、シャンソンの訳詩を千曲近くやった経験がある。それらの歌を訳詩しながら、他人の恋ではあるが、様々な出会いと熱愛と別れと未練、そして再会を味わってきた。流行歌の一つや二つ書けないわけがなかろうという自惚《うぬぼ》れもあった。そこで私はシャンソンの訳詩活動をやめる決心をした。

流行歌を書くとなれば、まずシャンソンの訳詩と決別しなければならない、と私は心に決めたのだ。なにもそう几帳面《きちょうめん》に考えなくとも、両方つづけていけばいいじゃないかと言う人もいよう。ところが私にはそれができないのだ。理由はたぶん、戦争体験から来ているのであろう。六歳の夏、ソ連軍機の猛烈な爆撃を経験し、牡丹江のわが家を追われた。その時、父は出張で家にいなかった。なのに、一刻も早く、牡丹江を脱出しなければならない。父の帰りを待つべきか。そんなことに逡巡《しゅんじゅん》することなく、この場を逃げるか。二つに一つ、答えは一つしかない。私たちは父の帰りを待つことなく、牡丹江駅構内の闇に紛れて出発する軍用列車に乗った。その日以来、危険な逃避行の最中にも、避難民生活の苦難の中でも、二つに一つという選択を、なにかにつけて迫られ、死を背中に感じつつ二つに一つを選んで生きてきた。その悲しい習性が私の心の奥底に残っているに違いない。人生は選択の連続であり、人は同時に二つのことを選ぶことはできない。なにかと別れなくては、何処《どこ》へも出発できないということだ。

というわけで、昭和三十九（一九六四）年六月六日、新宿厚生年金会館大ホールにおいて、「太陽の賛歌―なかにし礼訳詩コンサート」なるものをやった。私はまだ立教大学仏文科の四年生、二十五歳の時である。

出演してくれたのは、芦野宏、深緑夏代、仲マサコ、仲代圭吾、石井祥子、真木みのる……客席は満杯であり、赤字は出なかった。

終わって、舞台に登場した私の写真付きで紹介記事を書いてくれた新聞があった。とにかく私は生まれて初めて新聞に載った。

この日をもって私はシャンソンと別れた。

訳詩依頼は次々と来るが、決めたことだから断りつづけた。やればお金が入るのに、それを断るとは、自ら窮地に落ち込むような真似《まね》をしているのではないかと、自分の決心に怯《おび》えてもいた。しかし、やるしかないのだ。

「裕ちゃんの話、本気にしてるの？」

私はぽろりぽろりとギターを爪弾きながら、鼻歌らしきものを歌っていた。時に、気に入ったメロディがあると、五線紙に書いていく。

「あなた、なにやってるの？」

妻は怪訝《けげん》な表情で私を見る。

「歌つくってんだよ」

「あなた、まさか、それ裕ちゃんのところへ持っていくつもりじゃないでしょうね」

「持っていくつもりだよ」

「あなた、裕ちゃんの話、本気にしてるの？　あれは冗談よ。スターはみんなあんなふうなことを言うものなのよ。真に受けて、のこのこでかけていったらいい笑い者だわ」

「真に受けないのも可愛くないと思わないか」

「いずれにしても歌謡曲を書くことには反対だわ。あなたの本当の夢はほかにあるはずだから」

妻の理想は私が作家ないしは翻訳家になることだった。むろん、私が口癖のようにそんな夢を語っていたから、彼女もそう思うようになっていたのだろうが、石原裕次郎と出会って以来、私は自分が歌を書くことはむしろ自然な流れのように思えて仕方がなかった。私がシャンソンの訳詩をやっていると言ったからこそ、裕次郎は流行歌を書けと言ってくれたに違いない。もし私が歌となんの関係もない仕事をやっていたとしたら、流行歌を書けとは言わなかったであろう。

「あのな、聞いてくれ。人生にはね、極々稀《ごくごくまれ》にだけどね、幸運の女神がチャンスをくれる時があるんだよ。でもね、気後れしたり、臆病だったり、鈍感だったりして、あまりにもたもたしていると、幸運の女神はそのチャンスを取り上げてしまうんだ。そしてもう二度と戻ってこない。こういう実例を俺は子供の頃から沢山《たくさん》見てきた。これは実感なんだ。今を逃したら次はないんだよ」

「とんだ思い込みだこと。でも、一年も経っているのよ。相手はもう忘れているわ」

それ以来、妻とはうまくいかなくなった。

私は生まれて初めてオリジナルの歌を書こうとしていた。しかしこれは実に至難の業だった。シャンソンの訳詩を千曲近くやってはきたけれど、それは所詮《しょせん》、原詩があっての話だ。原詩を的確な日本語の歌として訳詩することはあくまでも技術の優秀性とセンスが問われるわけで、それ以上のことはない。だが、オリジナルの歌を書くという仕事は無から有を生みださなければならない。無から有とは、つまり真新しい歌をこの世に誕生させることなのだ。これはもう、いくらのたうちまわってもまだ足りないような死に物狂いの行為であった。『お月さん今晩わ』とか『おーい中村君』とか、私が心の中でバカにしていた流行歌の一つ一つがにわかに名作に思えてきたりする。なにしろ私の作詩能力はそれらの足許《あしもと》にも及ばないのだから。

「ボツだ。俺の歌はダメだったんだ」

それでも、なんとか、一つの歌が誕生した。派手さもなく、とりたてて閃きも感じられない歌ではあったけれど、これがその時の私が創造できる最善のものであった。

『涙と雨にぬれて』　なかにし礼作詩・作曲

涙と雨にぬれて
泣いて別れた二人
肩をふるわせ君は
雨の夜道に消えた

二人は雨の中で
熱い接吻《くちづけ》かわし

濡れた躰《からだ》をかたく
抱きしめあっていたね

訳も言わずに君は
さようならと言った
訳も知らずにぼくは
うしろ姿を見てた

恋の喜び消えて
悲しみだけが残る
男泣きしてぼくは
涙と雨にぬれた

私は自分でギターを弾き、自分で歌って、この歌をテープレコーダーに録音した。歌もまずいしギターも下手だ。しかし、間違いなく、昨日まではこの世になかった歌が産声を上げていた。これこそが創造の喜びというのであろうか。なんだか癖になりそうな快感であった。

翌日、虎ノ門の石原プロモーションに出かけていった。裕次郎さんはいなかったが、専

務の中井景さんがいて、

「本当に来てくれたんですね」

と歓待してくれた。

一世一代の売り込みに来た私はといえば、顔は真っ赤、汗びっしょり、声も震えていた。テープレコーダーから、下手くそな自分の歌が聞こえてきた時はもう逃げ出したい気分だった。

歌が終わっても、感想らしきものはなにもない。

「一応、お預かりしておきましょう」

銭谷というマネージャーが言った。

ボツだ。俺の歌はダメだったんだ。

私はスゴスゴと石原プロモーションから逃げ帰った。地下鉄に乗るのも忘れ、新橋駅まで歩いていた。


「いいじゃないの、その歌」

こんなことのあったすぐあと、ポリドール・レコードの藤原慶子というディレクターから電話があり、菅原洋一の歌を書いてくれと言われた。レコーディングされた歌は何曲かあったが、直接レコード会社からの発注を受けたことはない。私は戦慄をもってその依頼を受けた。

一曲はエンリコ・マシアスのヒットシャンソン『恋心』、もう一曲はカントリーウェスタンだった。

『恋心』はキングレコードの岸洋子と競作だということで、ちょっと癖のある訳詩をつけた。そしてもう一つのカントリーウェスタンの曲には『知りたくないの』というタイトルをつけ、ことのほか力を入れて訳詩した。なぜかというと、この曲は、第三節のサビの部分以外はすべて、ヨナ抜き（ファとシが抜けている）の日本音階、つまり日本民謡と同じであった。それゆえに一度ヒットしたら根強い支持を得るのではないかという期待、もう一つは、出だしの一行が上手く書けたこと。

あなたの過去など
知りたくないの

特に、この「過去」という言葉には、これこそが私の閃きだという自負があった。なのに菅原洋一はこの「過去」という部分が歌いにくい、書き直してくれと言う。私はイヤだと言う。そうしたトラブルを押してレコーディングはしたけれど、『知りたくないの』は『恋心』のB面になり、菅原洋一の『恋心』は岸洋子の『恋心』に大きく水をあけられ敗れた。

その上、石原プロからはなにも言ってこない。失意のうちに一年が過ぎた。

ポリドール・レコードの藤原ディレクターから電話があり、渋谷のバーで会った。

「礼ちゃん、吉報よ。『知りたくないの』がついにA面になったのよ」

「ええ？　本当に？　評判がいいことは噂で知っていたけど、A面になるとは……」

「礼ちゃん、大したもんよ。あれだけの反対を押し切って『過去』という言葉を書き直さなかったもの。あなたの才能の勝ちよ。かなりの勢いで売れているから、ひょっとしたら大ヒットになるかもよ。ところで礼ちゃん、あんたなにか書き置き持ってないの？　普通の新人なら、段ボール箱いっぱいくらいあるもんだけど」

「ぼくにはないです。残念ながら」

「一曲も？」

「一曲あるんだけど、目下、石原プロに預けてあるんだ」

「で、レコードになるの？」

「わからない。たぶんボツじゃないかな」

「ま、聞かせてよ」

バーの壁にかかっていたギターを借りて、私は歌った。

涙と雨にぬれて……

「いいじゃないのその歌。今ちょうど石原プロの裕《ひろ》圭子という新人歌手を預かっているの。その子とロス・インディオスという男性コーラスでやったらばっちりだわ」

一週間後、石原プロの銭谷マネージャーから電話があった。

「遅くなりましたが、お預かりしていた作品のレコーディングが決まりました。十一月×日、×時、ポリドールのスタジオにいらしてください」

その日、生まれて初めて、正真正銘、自分が生み出した作品のレコーディングに立ち会った。編曲を担当してくれた早川博二のトランペットが華麗に鳴る。それを聴いた瞬間、「これが俺の作った歌か」と悪寒にも似た戦慄が走った。

なんという、事の展開だろう。こんな風にして幸運は流れてくるものなのだろうか。あの時もし、石原裕次郎に会っていなかったら。もはや考えることさえ恐ろしい。

裕次郎からの電話

出会ってから亡くなるまで、およそ二十四年間、さまざまな場面での石原裕次郎を見てきたが、裕さん（生前、私はこう呼んでいた）はつねに明るく大らかで優しかった。その生き方がたとえ自分に課した哲学であったとしても、それを貫くには相当な精神力を必要としたことだろう。私が裕さんのために書き下ろした歌は三十四曲ある。その歌ができあがるまでの考えている時間、書いている時間、レコーディングの時間など、思えば長大な時間をともに過ごしたことになる。ほかにも銀座、赤坂、神楽坂、祇園などに連れていってもらった。大抵は二人っきりで、裕さんは胸襟を開いて話をしてくれたと思う。お宅にお邪魔したこともあるし、一緒にゴルフをしたこともある。それはすべて黄金の時間であった。私の最大の誇りでもある。

そんな時の流れの中で、裕さんが私に電話をかけてきたことが三度あった。裕さん自らが電話をくれるなんてことはめったにないことだから、なおさら鮮明に思い出す。

一度目の電話。昭和四十一年秋。

「ちょっと頼みたいことがあるんだ。会社に来てくんないか」

あわてて虎ノ門の石原プロに駆けつけると、裕さんは社長デスクに腰かけていて、台本のようなものを読んでいた。

「おお、礼ちゃん、裕圭子《ひろ》がお世話になったね。ありがとう。今度は俺が面倒みてもらおうと思ってね」

これが、下田のホテル以来、二度目に会った時の裕さんの第一声であった。お礼を言いたくてもその暇を与えてくれない。

「この映画の主題歌、書いておくれ」

渡されたのは映画『嵐来たり去る』の台本であった。

「ええ？　ぼくが裕さんの映画の主題歌を？」

私は一瞬ポカンとした。裕さんの映画の主題歌なんて、劇場の片隅で聴くものであって、書くものではなかったからだ。

「それからな、も一つ頼みたいことがあるんだ。荒木、その子、こっちへ連れてきな」

荒木といういかにも紳士然としたマネージャーが連れてきたのは渡辺順子という名の十代の子だった。レコードを一枚出したことがあるのだが、あまり売れなくて、石原プロがあずかることになったと言う。

「この子をな、売り出してやりたいんだよ。名前もなにかいいのをつけてやってくれ。とにかく、ヒットが出るまで何曲でも、ヒットが出たら出なくなるまで、そっくり礼ちゃんに任せるからよ。なっ、礼ちゃん、頼んだよ」

それだけを言うと、裕さんはそそくさと出かけてしまった。

『ヒットが出るまで何曲でも、ヒットが出たら出なくなるまで』。いい言葉ですね。ぜひその精神で、よろしくお願いします」

仕立てのいい背広を着た荒木マネージャーはにこにこと笑っている。

私はまずその子の名前を黛《まゆずみ》ジュンとした。私が作曲家黛敏郎のファンであったこともあるが、なにか存在感のある名字が欲しかった。下の名前は本名の順子からとってジュンとした。これは、制作会議で満場一致で決まった。

で、デビュー曲である。誰に作曲を依頼するか。スタッフたちの推薦するのはほとんど目下売れている作曲家であったが、私はそのすべてにNO！と言った。なにしろ私に全権があるのだから。じゃ誰がいる。私は、その頃若者たちの間でひそかに歌われている『好きなのに好きなのに』という歌が気になっていた。調べてみると、鈴木邦彦という若い作曲家の作品だという。

私は電話をして、事情を詳《つまび》らかに話し、先に作曲をしてくれるようにお願いした。

「曲先《きょくせん》っていうわけね」

「うん。そうだ。詩が先にあると、どうしても日本語のアクセントや叙情に影響を受けて、日本臭い曲になるじゃないか。それを避けたいんだよ」

「じゃ、礼ちゃん、君は絶対にいい詩をつけてくれるわけね」

「ああ、もちろんだよ」

鈴木邦彦は二日後には作品を持ってきた。八曲もあった。が、どれももう一つピンとこない。

「悪いけど、もう一回頼むよ」

鈴木邦彦は気分をこわしたらしく、今度はテープで送ってきた。しかし、いい曲はなかった。そして、三度目。楽譜をぽいと投げ、

「もうこれ以上絶対書かないからね。あとは煮て食おうと焼いて食おうと勝手にしてよ」

「お前さん、よく頑張ったよ」

鈴木邦彦はぷりぷりと怒って帰っていったが、その曲が素晴らしかった。リズム&ブルースで、パンチがありながら歌謡性があり哀愁まで漂っている。あとは私の詩を待つばかりだ。さあ、大変だ。

ここから私の悪戦苦闘が始まった。

私は自分の人生を最初から見直し、戦争体験もすべて自分の貴重な記憶として掘り起こした。私は逃避行を思い出し、避難民生活を反芻《はんすう》した。そしてついに引き揚げが決まり、

葫蘆島の沖合に停泊する引き揚げ船を見た時のあの歓喜を思い出した。あの時のあの喜びこそまさに「ハレルヤ」だった。そう思った時、『恋のハレルヤ』はできた。

私の一作目『涙と雨にぬれて』と二作目『恋のハレルヤ』との間には、霊感と迫力と哲学とテクニックにおいて歴然たる違いが見られるが、それをもたらしたのは、石原裕次郎の私にたいする全権委任という全幅の信頼だった。私はそれに必死に応えようとして、思いがけぬほどの力を発揮し、自分でも想像だにしなかったある高みまで登りつめたようだ。

昭和四十二年二月、『恋のハレルヤ』は東芝（キャピトル）から発売され爆発的に売れた。三作目『霧のかなたに』も大ヒットだ。

年末のレコード大賞にはブルー・コメッツの『ブルー・シャトウ』が選ばれたが、なんと作詩賞は『恋のハレルヤ』『恋のフーガ』『知りたくないの』という一連の作品を対象にしてこの私が選ばれた。しかも『夜霧よ今夜も有難う』を歌った石原裕次郎は特別賞だ。

裕さんは調布の日活撮影所からヘリコプターを飛ばして渋谷公会堂へ駆けつけた。和服の着流しに雪駄《せった》ばきという映画衣裳のままだ。下手舞台袖《しもてぶたいそで》で、私のそばに来ると、

「よっ、礼ちゃん、おめでとう。早いんだか、遅いんだかよく分かんねぇけど、お前さん、よく頑張ったよ」

私の手を握った。私は四年前の初めての握手を思い出し、目頭が熱くなった。

「ありがとう。裕さん……」

女性アナウンサーが裕次郎の名前を呼んだ。

場内割れんばかりの拍手である。

「礼ちゃんよ、俺まだ人気あるみたいだぜ」

裕さんは雪駄を鳴らして、ステージの光の中へ出ていった。

『西部警察』の主題歌を書いてほしい

二度目の電話。昭和五十四年春。

「ちょっと今夜、赤坂の『千代新』に来てくんないか」

行くと、裕さんは上座の席を空けて待っていて、あっちへ座ってくれ、と手で示す。

「なにかあったんですか?」

「なに、今日はね。礼ちゃんに折り入って頼みたいことがあってね」

「電話で言ってくれたらそれで十分なのに」

「一応、俺も真剣だからさ」

そう言うなり裕さんは座布団から降り、両手をついた。

「やめてくださいよ。困っちゃうな」

「実はな、今年の秋から、NET(テレビ朝日)で『西部警察』っていう一時間ドラマをスタートさせるんだ。制作は石原プロ。失敗は絶対に許されないんだ。刑事もので、派手なアクションの連続でさ、相当ドンパチやるし、スポンサーはクルマ屋さんだから、車なんぞ惜しげもなくぼんぼん壊す。そこでな、主題歌を書いてもらいたいんだ。番組が終わったところで、なんだかしみじみとするような温かい歌をな。なにしろ殺伐とした場面がつづいたあとだからさ」

仕事を頼まれたことは嬉しかったが、この大げさな設定には参ってしまった。この話はまったくこの通りであり、確か八代亜紀が同席していたから、つぶさに見ていたと思う。

ドラマ『西部警察』の主題歌として、私は『みんな誰かを愛してる』（平尾昌晃作曲）、『時間《とき》よお前は…』（浜圭介作曲）、『勇者たち』（浜圭介作曲）を書いた。果たして裕さんの思いにかなったかどうかははなはだ心もとない。

人生の歌を書いてほしい

第三の電話。昭和六十一年夏。

「うん。頼みがあるんだ。赤坂東急ホテル最上階の『マルコポーロ』に来てくんないか」

私は駆けつけた。担当ディレクターの高柳六郎氏が一緒にいた。裕さんは切りだした。

「俺な、人生の歌が歌いたいんだ。書いてくんないかな」

「そりゃあ書きますけど、裕さんほどに成功した人が『マイ・ウェイ』みたいな歌うたったら、なんかカッコ悪いと思いません？」

「どんなのがいいと思う？」

「ほら、いつも裕さん言ってたじゃないですか。俺は外で飲んだあとでも必ず家で飲み直すんだって」

「ああ、台所でな」

「あれですよ。台所であぐらをかいて、一升壜《びん》からとくとくと酒をつぐ。食器棚のガラスに映る自分の顔に乾杯しながら飲む」

「そうそう。間違って油飲みそうになったこともあったっけな」

「そういうスターでない、普通の男としての等身大の裕さんの人生を歌にしませんか」

「いいね。それで頼むよ」

日本中を騒がせた昭和五十六（一九八二）年四月の緊急入院から始まって以来、五年にわたって裕さんの闘病生活はつづいていた。七月には療養のためにハワイに行くという合間を縫ってのミーティングであった。

「礼ちゃんよ、俺はがんだぜ」

できあがった『わが人生に悔いなし』（加藤登紀子作曲）を裕さんはことのほか気に入ってくれた。レコーディングはハワイでやることになっていた。

歌が少し難しいから、レッスンつけにハワイまで来てもらいたい、という裕さんからの伝言を聞いて、私はハワイへ飛んだ。

裕さんの別荘はホノルルの一等地であるカハラ地区にあり、プライベートビーチ付きの豪華なものだった。

お茶を飲み終わると、

「ちょっと歩こうか」

二人で波打ち寄せるビーチをゆっくりと歩いた。そして、ぽつりぽつりと話をした。

「礼ちゃんよ、みんなが言わないから、俺も知らないふりしているけど、俺はがんだぜ」

「ええっ？（本人には分かるのだろうか）」

「実はさ、俺には墓がないんだよな」

「墓なら確か逗子の海宝院に石原家の墓があるんではないですか？」

「あれはな先祖代々の墓ってやつでな、次男の俺は入れないんだよ」

「墓の話なんかやめましょうよ」

「そうだな。こんどの歌、えらく気に入っているよ。特に、桜の花云々《うんぬん》のところがいいな。人生なんて夢みたいなもんだぜ。現実《うつつ》だと思うと悔いが少しは残るけど、夢だと思えば、楽しい夢を見たとしか言えないもんな」

裕さんははるかな夕空を見上げていた。

桜の花の下で見る
夢にも似てる人生さ
純で行こうぜ
愛で行こうぜ
生きてるかぎりは

青春だ
夢だろうと
現実《うつつ》だろうと
わが人生に悔いはない

私が裕さんの白鳥の歌を書くことになるなんてなにかできすぎていないか。バルザックは「偶然は最大の小説家である」（『人間喜劇』序）と言ったが、裕さんと出会うことができた運命の不思議さに、私は深く打たれるのだ。

魔物に誘われるように——あとがきにかえて

自分の人生を振り返ってみて、三つの画期的な出来事があったことを鮮明に知った。感謝をこめて、そのことを書きたい。

まず第一はシャンソン喫茶「銀巴里」。

映画『天井桟敷の人々』のパントマイム役者ジャン・バチストが抱いた情熱（パントマイムを芸術にしてみせる）、それに似たような熱い思いを抱かせてくれたのはシャンソン喫茶「銀巴里」であった。私はシャンソンの訳詩によって、世の中になんらかの衝撃を与えることができるかもしれないという妄想を抱いた。あと二人、これに似た妄想を抱いている歌手がいた。その二人とは美輪明宏と戸川昌子である。私たちはその妄想にかられて日夜奮励努力していたと確信する。戸川さんは帰らぬ人となったが、美輪さんは相変わらずわが戦友である。魔物に誘われるように「銀巴里」に足を踏み込んだ時、私の人生のドアがかたりと音をたてて開きかけ、奥のほうにかすかな光を見たことを忘れない。

第二はなんといっても石原裕次郎さんとの邂逅である。本当にこんなことがあっていいものだろうかと今でも思う。

昭和三十八年の初秋、私は一人の女性と結婚した。その新婚旅行先の下田東急ホテルのロビーでかの大スターの石原裕次郎さんから声をかけられたのである。私たちカップルがちょっと目を引いたのかもしれないが、ほかに五十人ほどの新婚カップルがロビーで石原裕次郎を取り巻いていたのである。今でも信じられない思いだ。

「シャンソンの訳詩なんかやめて日本の歌を書けよ」。石原裕次郎のその一言で私は歌謡曲を書こうと思い始める。そしてそれを実行したことによって、私の人生は私の予測をはるかに上回る速度で回転し上昇しはじめる。

石原裕次郎さんの白鳥の歌を私が書くなんて話がうまくできすぎていると思うが、もしほかの人が書いていたら、私は憤死していただろう。裕さんは私にとってそれほどの恩人なのだ。

第三は村松友視という作家の存在だ。私が回想録『翔べ！わが想いよ』を上梓したのは平成元年の十二月である。それを読んだ村松友視さんが言った。「ねえ、なかにしさん、小説書いてみない。なかにしさんの書いた小説読んでみたいんだな」。しかも村松さんは文藝春秋の編集者まで紹介してくれた。

しかし小説を書くのは難しい。が、平成八年、兄が死んだことにより猛烈な創作欲が湧き、私は『オール讀物』に連載を開始した。一回百枚で五カ月の連載だったが、最初の三カ月というもの、村松さんの旅先まで原稿をファックスで送り付けて指導をあおいだ。

四カ月目あたりからやっと独り立ちができるようになり、そうやって書き上がったのが小説『兄弟』である。直木賞選考の時は、二度ともともに待機してくれ、『長崎ぶらぶら節』で受かった時は「そうこなくっちゃ」と言って、私と抱きあって喜んでくれた。

私が芸能の魔性に導かれて生きてきたことは紛れようもない。この本を書き終えて、一層その思いを強くした。

二〇一八年秋　軽井沢の山荘にて

なかにし礼

＊本書は、『サンデー毎日』二〇一七年四月十六日号～
二〇一八年九月三十日号連載に加筆のうえ、新たに編み直したものです。

なかにし礼（なかにし・れい）

一九三八年中国黒龍江省（旧満洲）牡丹江市生まれ。

立教大学文学部仏文科卒業。

在学中よりシャンソンの訳詩を手がけ、その後、作詩家として活躍。

日本レコード大賞、日本作詩大賞ほか多くの音楽賞を受賞する。

二〇〇〇年『長崎ぶらぶら節』で直木賞受賞。

著書に『兄弟』『赤い月』『天皇と日本国憲法』『平和の申し子たちへ』『生きるということ』『夜の歌』など多数。

音盤に『なかにし礼と12人の女優たち』『なかにし礼と75人の名歌手たち』『昭和レジェンド 美空ひばりと石原裕次郎・なかにし礼』などがある。

二〇一二年三月、食道がんであることを発表。

先進医療の陽子線治療を選択し、がんを克服して仕事復帰。

二〇一五年三月、がんの再発を明かして治療を開始。

十月、完全奏功の診断を受けたことを公表した。

芸《げい》能《のう》の不《ふ》思《し》議《ぎ》な力《ちから》

二〇一八年一〇月二〇日　印刷
二〇一八年一〇月三〇日　発行

著者　なかにし礼《れい》
発行人　黒川昭良
発行所　毎日新聞出版
〒一〇二-〇〇七四　東京都千代田区九段南一-六-一七　千代田会館五階
電話　営業本部〇三-六二六五-六九四一
サンデー毎日編集部〇三-六二六五-六七四一
印刷　精文堂
製本　大口製本

ISBN978-4-620-32551-4